KB005887

소설

숙 희

저자. 유숙경

- 목 차 -

▌ 회상 / 5

▌ 철길을 따라 / 10

▌ 골목대장 숙희 / 15

▌ 곗돈 / 22

▌ 다르다는 것 / 27

▌ 학교가는 길 / 32

▌ 저 하늘에 별이 / 38

▌ 가을 운동회 / 52

▌ 포도서리 / 59

▌ 슬프다는 것 / 65

▌ 장손 / 72

▌ 기나긴 겨울 / 80

▌ 거짓말 / 88

▌ 새친구 / 97

▌ 명절 / 108

▌ 새학기 / 120

▌ 나른 세상 / 130

▌ 만남 그리고 이별 / 140

▌ 그리움 / 152

▌ 서평 / 156

▍회상

'**드**르르' 잠자기 전 진동으로 설정해 둔 휴대폰이 머리 위 테이블에서 감전이라도 된 듯 연신 울려댔다. 어제 밤늦은 술자리 탓에 쉽게 떠지질 않는 눈을 애써 비벼가며 정신을 차려본다. '이 시간에 누구야?' 볼멘소리로 전화기를 열었다.

"여보세요! 안녕하세요, 교수님 오늘 강의가 변경돼서 미리 연락드렸어요."

시에서 운영하는 독서교실의 작가수업이 있는 날이었다. 새 학기에 맞춰 시간표의 변경으로 날짜가 바뀌게 됐다고 책임자가 알려왔다.

"교수님, 죄송합니다. 갑자기 다른 수업 교수님이 요일 변경을 부탁해서요."
"네, 알겠어요."

전화를 끊고 아직 남아있는 취기를 해소하려 연신 냉수를 들이켰다. 바쁜 수업일정과 집필 중인 소설의 출판일이 얼마 남지 않아 몸도 마음도 지칠 대로 지쳐 스트레스가 말이 아니다. 거기다 가족 행사까지 겹치는 날엔 훌쩍 어디론가 떠나고 싶을 때도 있다. 지금껏 살아오면서 일중독으로 스스로를 괴롭히고 있는지도 모르겠다. 어느덧 중년의 나이에 남들은 일을 줄여간다는데 하고 싶은 일도, 해야 할 일들도 늘어만 간다. 식탁 위 가득 놓인 정체불명의 영양제들을 털어 넣으며 부족한 몸의 에너지를 보충하고 또다시 하루를 시작한다. 얼마 전부터 배우고 싶었던 서예를 시간을 쪼개 가며 시작했다. 차를 타고 30분을 달려 학원에 도착해 먹을 갈고 한 자 한 자 써 내려가다 보면 집중하는 시간 덕에 하루가 빠르게 흘러간다. 쉬는 시간 치매에 걸린 아버지 걱정에 전화기를 들어 엄마에게 안부 전화를 했다.

"엄마, 아버지는 좀 어때요?"

"어떠시긴 매일 그 타령이지. 더 나빠지지 않기만 바랄 뿐이지!" 전화기 너머로 엄마의 한숨 섞인 목소리가 들렸다.

"그런데 너는 얼마나 바쁘길래 얼굴 보기도 힘드냐? 시간 내서 한 번 오지?"

살기 바쁘다는 핑계를 대지만 왠지 아버지에 대한 원망이 마음 깊이 자리 잡고 있어서인지 친정집으로 가는 길은 항상 마음이 무거웠다. 그렇게 대쪽 같았던 분이 자식들을 몰라보고 기억을 잃어가고 있다는 것이 안타깝기도 했다. 팔순이 넘은 엄마가 감당하기엔 힘에 부쳐

하지만 요양원에 모시는 걸 극구 반대하신다. 그렇게 무시당하며 살았어도 정이란 것이 무섭긴 한가 보다.

"알았어요. 이번 주말에 시간 한번 내 볼게요."

그래도 나를 이 세상에 나오게 해준 아버지 아니던가, 살면 얼마나 더 사실지 모르는 상황에서 죄인은 되지 말자는 마음에 애써 마음을 수습했다. 마트에 들러 저녁 찬거리를 준비하며 오늘은 또 무얼 먹을지를 고민한다. 매번 반복되는 고민이기도 하다. 어릴 적부터 먹는 것에 큰 관심이 없던 터라 알약으로 살아갈 수 있었으면 좋겠다는 생각도 해본 적이 있다. 남편과 아이들만 아니면 대충 죽지 않을 만큼만 먹고 살았으면 할 때도 있었다. 그나마 아들딸이 독립해서 집안은 절간 같지만 식사 준비로 인한 신경은 덜 쓰게 됐다. 어릴 적에는 어쩌다 마주 앉아 식구들과 밥을 먹을 때면 편식한다며 혼나고, 늦게 먹는다고 또 혼나기 일쑤였다. 늘 편치 않았던 식사 자리여서 가끔 배가 아프다며 일부러 자리를 피하기도 했던 기억이 난다. 그래서인지 지금까지 먹는 것에 관심을 두지 않아 항상 체중이 변함없다. 집에 도착하자마자 장 봐 온 오징어와 무를 꺼내 시원한 오징어 뭇국을 준비하기로 했다. 요리가 간편하기도 하지만 남편이 언젠가 맛있다고 한 적이 생각나 가끔 시간이 바쁠 때 하는 요리다. 평소 서로 바쁘기도 하지만 말수가 많지 않은 사람이라 그럭저럭 동반자로써 여기까지 살아온 것 같다. 한때 불타오르던 사랑도 유통기한처럼 지나가고 각자 일에 빠져 살아온 듯하다. 저녁 시간에나 간간히 마주하다 보니 식사시간이라도 함께 하는 것에 만족해야 했다.

"주말에 시골집에 좀 다녀오려고 하는데 시간이 돼요?"
"이번 주말에도 일이 생겨 지방에 내려가 봐야 하니 용돈이나 전해드려요."
"알겠어요."

혹시나 하는 마음에 물어봤지만 역시나 돌아오는 대답은 손톱만치도 정이 없이 매몰차다. 남편은 30년 동안 건설업을 하면서 쉬는 날이 손에 꼽을 만큼 바쁘게 살아왔다. 지극히 현실적인 성향에 부지런한 성격이지만 가정 안에서 다정다감한 스타일은 아니었다. 그 흔한 꽃 한 송이도 지고 나면 그만인데 아깝다며 받아 본 기억이 가물가물하다. 예상은 했지만 일 년에 한 두 번 가는 사람이라 왠지 서운한 마음은 떨칠 수가 없다.

늦은 밤, 소설의 내용들을 교정하기 위해 서재로 들어가 노트북을 켰다. 출간일이 얼마 남지 않은 시점에 밤샘작업이 생활화되어 버렸다. 며칠 동안 밤잠을 이루지 못해서인지 머리가 아파왔다. 평소처럼 따뜻한 원두커피 한잔으로 하루를 시작하려고 커피잔을 들고 베란다 탁자에 앉아 진한 커피 향을 음미해 본다. 다양한 화분 속

식물 중에 얼마 전 제자들에게 받은 제라늄과 베고니아가 꽃이 시선을 끌었다. 따스한 햇살이 창문을 통해 들어와 분홍빛과 붉은색 꽃망울에 봄기운이 느껴진다. 아파트 20층 아래서 들려오는 아이들 소리에 고개를 숙여 내려다보았다. 어느새 공원에는 무성해진 초록 잎의 나무들과 알록달록 봄꽃들이 잘 정돈되어 인공적이지만 봄의 기운이 완연함을 느낄 수 있었다. 훅 불어오는 바람에 긴 머리카락이 얼굴을 차갑게 스친다. 어린 시절부터 불어오는 바람을 온몸으로 느끼는 것을 좋아했다. 휴일이라 그런지 놀이터에 나와 뛰어노는 아이들의 모습이 꽤 즐거워 보인다. '하하', '호호' 아이들의 밝고 청아한 웃음소리에 문득 어릴 적 시간들이 불현듯 스치며 지나간다. 나의 어린 시절 친구들은 어디서 어떻게 살고 있을까? 마치 타임머신처럼 봄의 새싹이 움트듯 또렷하게 어린 시절로 돌아가고 있었다.

▌ 철길을 따라

이른 봄 아지랑이가 대지 위에 서서히 피어나고 있다. 11살쯤 된 아이들이 옹기종기 모여 기찻길 따라 양손 날갯짓하며 개미 떼처럼 줄지어 철로 위를 걸어간다. 하교 후 약속이라도 한 듯 알아서 모여든 아이들이다. 경의선 일산역사에서 1Km가량 떨어진 기찻길을 따라 잠자리 떼처럼 줄지어 중심을 잡으며 콧노래도 흥얼거렸다. 며칠 전부터 계획한 놀이를 하기 위해서 저마다 챙겨온 못을 꺼내 놓았다. 골목대장 숙희의 지시에 따라 일제히 철로 위에 못을 가지런히 올려놓고 몸을 웅크려 귀를 가져다 댔다. 기차가 오는 소리를 듣기 위해서다. 철로를 따라 미세한 떨림과 함께 서서히 다가오는 소리에 숙희의 지시에 따라 일제히 풀숲으로 뛰어든다. 아이들의 반짝이는 눈망울에 호기심 가득 심장이 요동칠 때쯤 가까이 "칙칙폭폭" 들려오는 기차 소리에 아이들이 귀를 기울인다.

"이제 다 온 거 같아! 소리가 들려."
"그래, 이제 지나갈 거야!"

이야기가 끝나자마자 '빠앙' 기적소리를 내지르며 기차가 아이들 앞에서 멀어지며 재빠르게 사라진다.

"얘들아, 나가자!"

숙희의 말에 아이들은 일제히 앞으로 돌격하듯 철길 위로 모여든다. 호기심이 가득한 얼굴로 일제히 자기가 올려놓은 못을 철로 옆 돌무더기 사이에서 자기 못을 찾아 치켜든다.

"와! 멋진 칼이 됐는걸. 하하하!"
감탄하는 창수에 이어서,
"얘들아, 내가 가지고 온 커다란 못이 제일 멋진 거 같지 않아? 히히히"

연신 자랑하고 싶은 영배의 얼굴에 누런 코는 숨 쉴 때마다 들락날락 웃는 입안으로 사라지곤 한다.

"다음엔 나도 집에서 제일 큰 못으로 가지고 올 거야!"

아이들의 눈에도 영배의 칼이 더 멋져 보이는지 부러운 눈길로 쳐다보았다. 들고 있는 칼 위에 봄 햇살이 내려앉아 아이들의 얼굴을 밝게 비추고 있었다.

"얘들아! 우리 편 먹고 칼싸움하자!"

신이 난 아이들에게 대장 숙희가 놀이를 제안했다. 이어서 두 편으로 나뉘어 산과 들을 내달렸다. 연신 입으로

"아악, 슝슝, 우!" 요란한 소리를 내가며 바람을 따라 적들을 제압하려 뛰어다닌다.

"내 칼을 받아라!"

비장한 얼굴로 양팔을 치켜든 채 미영이가 창수에게 달려든다.

"창수, 넌 왜 안 죽는 거야?"
"메롱! 나 잡아봐라!"

칼을 맞고도 쓰러지지 않고 뛰어다니며 놀려대는 창수에게 화가 난 미영이가 노려본다.

"창수! 너, 반칙이야."
"알았어, 우우! 욱, 아악!"

미영이를 도와주러 온 영배의 칼을 맞고 쓰러진다. 신이 난 영배는 옷소매로 콧물을 훔치며 미영을 보고 히죽히죽 웃는다.

"다음은 숙희 차례야, 가자!"

영배와 미영은 멀리 달아나는 숙희를 잡으려고 뛰어

보지만 다람쥐처럼 재빨리 도망치는 숙희에게는 역부족이다.

"애들아! 이리 와 봐!"

저 멀리서 손짓하는 숙희의 신호에 일제히 달려가 모여들었다.

"이것 봐. 삘기야."

숙희가 가리키는 손아래 뚝 길을 따라 뾰족하게 새순들이 올라왔다.

"와! 많다."

영배는 배가 고팠는지 삘기를 뽑아 입속으로 쑤셔 넣었다.

"너무 달콤한데. 호호호!"
"나도 먹어 볼래."

아이들은 앞다퉈 경쟁이라도 하듯 삘기를 뽑아 속살을 입속으로 가져갔다.

"미영아! 너, 얼굴이 하하하하!"

"하하하! 영철이 너, 얼굴도 호호호!"

아이들 얼굴에 재가 묻어 검게 그려진 얼굴들을 보며 한바탕 웃음꽃이 핀다. 이른 봄 농사짓기 전 농부들은 해충 등을 박멸하기 위해 논둑에 불을 태웠다. 검은 재 속을 뚫고 나온 어린 새싹들 사이로 삘기가 올라왔다. 산과 들로 뛰어다니며 노는 아이들에게 연하고 달콤한 삘기와 낮은 산언저리에 핀 진달래꽃 잎은 요긴한 간식 거리가 되었다. 철길을 따라 활짝 핀 분홍빛 진달래꽃을 꺾어 들고 눈과 입으로 느끼며 걸어갔다. 어느새 대지 위에 붉게 물든 노을을 바라보며 저녁때가 지났음을 알게 된 아이들은 서둘러 집으로 향했다.

▌골목대장 숙희

마을 가장 위쪽 언덕에 독을 굽는 커다란 가마가 한반도(남북한을 달리 이르는 말)의 모양으로 자리 잡고 있다고 해서 사람들은 독점 마을이라고 불렀다. 숙희는 왜소한 체구에 앙 다문 입술, 맨 위 오빠와 딸 셋 중 둘째로 아들로 태어나지 못했다는 이유로 집안에서 미운털이 박혔다. 그래서 일찍부터 스스로 생존하는 방법을 터득하고 있었다. 아버지는 6남매의 맏이로 태어나 어릴 적부터 총명했다. 집안이 어려워 낮에는 정미소를 다니며 학비를 벌었고, 야간 고등과정을 공부해 형편이 어려운 학생들도 가르쳤다고 했다. 그랬던 아버지를 가끔 힘들게 하는 정신적 상처가 있었다. 6.25전쟁 때 북으로 끌려가 심한 고초를 겪다 포로 맞교환 때 어렵게 살아났다고 한다. 어쩌다 흐린 날이나 술을 드신 날에는 다른 사람처럼 행동했다. 그래도 한 집안에 가장이라 지식이 있는 머리 덕에 작은 회사의 회계를 담당하는 업무를 하셨다. 엄마는 고향 언니가 운영하는 식당에서 일을 했다. 어려운 형편에 할머니와 손자 위주의 생활을 꾸려가며 살았기에 오빠를 제외한 딸들은 모두 아홉 살에 학교에 입학했다. 숙희는 또래들 보다 조숙했고 계집애지만 구슬치기, 딱지치기, 달리기, 고무줄놀이 등 모든 놀이에서 따라올 친구들이 없었다. 그래서 마을에 사는 아이들은 숙희를 '대장'이라고 불렀다.

"이놈의 계집애가 어디를 종일 싸돌아다니느라 이제 서야 기어들어 오는 거야?"

"......!"

"왜? 대답을 못 하고 꿀 먹은 벙어리가 됐어? 또 늦으면 저녁밥은 없는 줄 알아."

"네."

어차피 말대답한다고 혼나기에 할머니 성격을 잘 아는 숙희는 시간이 빨리 지나가기를 기다렸다.

"엄마 오면 다 이를 거야! 언니, 너 이제 혼났다."

두 살 아래 경희는 같이 안 놀아준 것에 대해 골이 났는지 씩씩대며 말했다.

"내일은 같이 놀아줄게!"

"말은 그렇게 하고 또 혼자 갈 거면서 치!"

"진짜야, 약속해."

두 살 아래지만 행동이 느린 경희를 데리고 다니기에 귀찮고 짐이 되기에 싫었지만, 엄마의 싫은 소리를 듣고 싶지 않아서 애써 동생의 손에 새끼손가락을 걸어 약속한다.

셋방살이를 하는 숙희 집은 숙희가 태어나서 가세가 기울어져 재산을 처분해 이곳으로 이사를 왔다. 어린 숙희는 아버지를 대할 때 자신에 대한 원망의 눈초리를 느끼곤 했다. 아들 하나인 오빠는 물론 집안 최고의 위치였다. 내성적인 두 살 위에 언니는 첫 딸이라 귀했고 동그란 눈에 하얀 피부결의 동생은 막내라서 예뻐하셨다. 반면, 작은 눈에 왜소하고 검은 피부에 고집까지 센 숙희는 집에서는 인정받지 못하는 아이였다. 그래서인지 답답한 집보다 대문 밖 세상이 편했다. 가정 형편으로 맞벌이를 하셨던 부모님을 대신해 할머니께서 살림을 맡아서 하셨다. 일찍이 남편을 병으로 잃고 혼자되신 할머니는 홀로 여섯 남매를 키우시느라 거칠고 강인했다. 할머니는 신랑 얼굴도 모르고 중매쟁이에게 속아서 가난한 집에 시집을 왔다고 틈만 나면 한탄하듯 담배를 입에 물고 지난 이야기를 하시곤 한다. 시집오기 전 양반집에 태어나 언문이며 한자도 다 깨우치신 학식 있는 분이지만 유교사상이 뿌리내리신 분이셨다. 할머니의 유일한 쌈짓돈은 늘 손자의 손에 전해졌다. 하필이면 세 사는 집이 같은 반 반장 우연이 집이다. 학교에서 우연이를 마주칠 때마다 반듯한 얼굴에 입꼬리가 올라가도록 미소지을 때면 괜히 기분 상하곤 했다. 한집에 살아도 바깥 놀이를 하지 않아 우연이를 보기란 쉽지 않았다. 간간히 과외 선생님이 오는 날이면 인사하러 마루에 유리문을 열고 나 올 때 잠시 스치듯 지나치는 정도다. 숙희는 가끔이 집구석을 빨리 떠났으면 하고 바라곤 한다.

마을에는 아이들이 주로 모이는 장소가 몇 군데 있다. 하나는 마을 초입 한가운데 있는 넓은 공터이고 또 한 장소는 독을 굽고 비워 놓은 황토굴이다. 아이들의 아지

트 겸 놀이 공간이다. 언제든 대장 숙희가 부르면 대여섯 명은 모였다.

"대장! 다 집합했는데 오늘은 뭐 하고 놀 거야?"

제일 먼저 온 영배가 뒷마을 사는 지영이와 창수까지 불러왔다.

"내 동생까지 7명, 경희는 깍두기 시키고 편먹고 오징어 게임 어때?"
"그래. 그러면 미영이하고 내가 돌을 주워올게."

지영이와 미영이가 반듯한 돌을 찾는 사이에 숙희와 철수가 땅 바닥에 나뭇가지를 주워서 오징어 모양의 판을 그렸다. 영배와 미영이, 철수가 한편이 되고 숙희와 지영이 영철이가 한편이 되어 지영이가 주워 온 두개의 돌을 하나씩 나누어 갖고 게임을 진행했다.

"와! 역시 숙희가 최고야. 우리는 숙희를 이길 수 없다니까!"

아이들은 폴짝폴짝 가볍게 뛰어오르며 5단까지 마무리하는 숙희를 매번 신기한 듯 쳐다본다. 날렵하고 재빠른 숙희는 친구들에게 인기가 좋았다. 언제나 숙희가 있는 편은 이기는 날이 다반사라 아이들은 숙희를 깍두기로 하길 원했다.

"에이, 내 차례는 언제 오는 거야?"

차례가 오기를 기다리던 영배가 옷소매로 누런 코를 연신 닦으며 볼멘소리로 경희를 쳐다보며 말한다. 숙희 대신 어린 경희가 깍두기가 된 것이 못마땅한 표정이다. 숙희도 키는 비슷하지만 모든 행동이 느리고 답답한 동생 경희를 귀찮아할 때가 많다. 숙희도 그런 경희를 끼워 준 것이 조금은 미안했다.

"그만하고 우리 독점에 가서 놀자!"

자기 차례가 안 와서인지 재미가 없어서인지 작고 귀여워 어린 강아지를 연상케 하는 미영이가 장소를 옮기자고 했다.

"우리 이제 그만하자!"
"그래, 독점으로 가자 출발!"

평소 미영이만 보면 알 수 없는 미소를 짓는 코흘리개 영배의 말에 아이들은 하나 둘 손을 털고 자연스럽게 나란히 서서 마을 언덕을 향해 걸었다. 길 따라 민들레, 개망초, 씀바귀 등 노랗고 하얀 들꽃들이 바람에 한들댄다. 들판에는 동네 아주머니들이 쭈그리고 앉아 쑥을 뜯고 있다.

"민들레 꽃 봐, 예쁘다" 미영이는 생긴 외모처럼 꽃을 보면 감탄하곤 한다.

민들레꽃이 어느새 홀씨를 맺혀 하얀 우주 안에 생명체를 담고 있었다. 숙희가 하나를 꺾어 '후우'하며 불자 홀씨들이 하늘 높이 날아올랐다. 아이들도 따라서 누가 더 높이 날리나 내기라도 하듯 배 안으로 깊숙이 공기를 넣어 불었다. 한 달에 한두 번 독을 굽고 나면 독점 안은 비워져 있었다. 어른들의 눈을 피해 놀 수 있는 아이들만의 요새다. 숙희는 친구들이 따라 하지 못하는 재주가 하나 더 있었다. 독점 옆에 황토를 파낸 웅덩이를 뱅글뱅글 돌며 묘기 부리듯 재빠르게 도는 것이다. 두 팔을 벌려 마치 날아오를 기세다. 이를 지켜보는 아이들의 눈알도 '뱅글뱅글' 빠르게 돌아간다.

"와아! 정말 빠르다!"

친구들은 그런 숙희를 경이롭게 바라본다. 숙희도 친구들의 시선을 즐기며 '따라 할 테면 따라해 봐, 여기서는 내가 제일이거든' 하는 자신감에 차 있곤 한다.

"대장! 무궁화 꽃이 피었습니다, 술래는 가위 바위 보로 정하자!"

"그래!"
"가위 바위 보!"
"다시, 다시 해. 지영이 늦게 냈잖아, 반칙이야!"
"가위, 바위, 보!"
"무궁화 꽃이 피었습니다. 무궁화 꽃이 피었습니다!"
"미영이 움직였어! 나와."

술래인 철수는 목이 터져라 외쳤고, 하나 둘 걸려든 아이들은 손을 길게 늘려 도움의 손길을 기다린다. 영배와 숙희는 얼음처럼 서서 숨조차 참으며 기회를 엿본다. 재빠르게 손을 끊고 아이들은 젖먹던 힘을 다해 도망을 친다.

"하하! 호호!" 아이들의 웃음소리는 마을 앞까지 울려 퍼졌다.
"창수야! 밥 먹어야지!"

집이 제일 가까운 철수 할머니가 문 밖까지 나오셨다. 그때서야 집집마다 굴뚝에서 나는 구수한 밥 냄새를 느낄 수 있었다.

"안녕, 내일 만나!"
"잘 가! 아침에 학교 같이 가자."

아이들은 저마다 내일을 기약하고 집으로 향했다.

▌ 곗돈

마을 입구에 역사가 오래된 벚나무 있는 넓은 공터를
가로질러 좁은 길을 사이에 두고 양옆으로 집들이 길게
늘어 서 있다. 맨 첫 집 초록 대문을 열면 사철나무가 중
앙에 있고 작은 나무들이 몇 그루 심어져 있다. 길게 안
쪽으로 안채가 있고 맨 끝으로 대문 바로 옆 부엌문을 열
고 들어가면 작은 방 두개가 숙희가 사는 집이다. 숙희
는 지루할 때면 초록 대문을 열고 벽에 기대서서 바람과
햇살을 즐기곤 한다. 평일 오후, 안집에서 요란하게 흘
러나오는 음악 소리와 아줌마들의 웃음소리가 뒤섞여 혼
잡하다. 가끔 여자들이 모여 화투판을 벌이기도 하고 술에
취한 듯 기분이 업된 여자의 콧소리 섞인 노랫소리도 들
려왔다.

"하이고! 젊은 계집년들이 살림은 안 하고 매일 모여서
뭔 짓거린지?"

할머니 상식으로는 당연히 이해가 안 가는 일들이다. 꼴
보기 싫다며 낮에는 주로 동네 마실을 다니셨다. 군인인
우연이 아빠는 한 달에 한두 번 집에 올까 말까 했다.
겉모습이 화려한 우연이 엄마는 학교에도 자주 들러 엄
마들 사이에서도 치맛바람이 유명하기로 소문났다. 숙희
는 웃음소리가 유난히 크고 기괴한 우연이 엄마 목소리

가 들릴 때면 더욱 귀에 거슬렸다. 부엌문을 열고 빼꼼히 내다보면 마루에 있는 투명 미닫이문에 비춰진 아줌마들의 모습이 보였다. 어지럽게 놓여있는 술병들 사이로 어깨를 들썩이며 이리저리 왔다갔다 몸을 비비고 흔들어 댔다. 숙희는 귀공자 타입의 우연이가 싫었지만 가끔 안쓰러운 생각이 들곤 했다.

하교 길에 멀리 공터에 모여 있는 사람들이 보였다. 웅성웅성 사람들 속에 엄마와 할머니의 모습도 보였다. 이 시간에 엄마가 집에 계시다니 의아했지만 너무도 반가웠다.

"할머니! 엄마!"

반가운 마음에 한걸음에 달려갔다. 모여 있는 사람들의 표정에서 무언가 큰일이 벌어졌음을 짐작케 했다.

"아이구! 이를 어째! 으흐흑."
"내가 이년, 이상하다고 했어! 의구!"
"얼마나 해쳐먹고 간 거야?"
"미리 도망갈 준비를 다 하고 있었대!"
"이년을 어디 가서 찾아?"
"남편도 모르게 집까지 다 팔아서 갔대요."
"글쎄, 이 미친년이 춤바람 나서 남자 놈하고 야밤에 도줄 했다지 뭐에요."
"애가 집에 있는데도 남자를 불러들여서 그 짓거리를 했다잖아.”
“그 씨발년이 남자에 환장한 년이었네.”
“아이구! 내 돈, 피 같은 내 돈 아이고, 이를 어째.”

돈을 잃어 분노에 찬 사람들 사이에서 거친 말들이 오고갔다.

“어멈아! 너, 이제 아범 알면 어떻게 하려고 계를 들어. 들긴?”
“제가 이럴 줄 알았나요? 흑흑.”

왜 불길한 예감은 틀리지 않는지 원망스러웠다. 우연이 엄마가 곗돈과 모든 재산을 챙겨서 야반도주를 했다고 한다. 그렇게도 끔찍이 생각했던 아들도 버리고 저 혼자 살겠다고 떠났다며 천벌을 받을 것이라고 얘기들을 했다. 숙희 엄마도 새집으로 이사 가려고 식당일을 하며 한 푼 두 푼 모아 곗돈을 마련했었다. 두 달이면 순번이 돌아와 50만원을 손에 쥘 생각을 하며 기대에 부풀어 있었다.

“이 미친 여편네가 그렇게 내가 싫어하는 줄 알면서 또 계를 들어?”
“누가 이렇게 될 줄 알았냐고요?”
“뚫린 입이라고 말대답은 한번 계 돈 날렸으면 정신 차려야지?”

그날 아버지도 모르게 부었던 곗돈 사건으로 인해 밤새
도록 고성이 오고갔다. 우리 사남매는 이불을 뒤집어쓴
채 애써 귀를 틀어막았다. '꼬끼오!' 새벽녘 닭 울음소리
와 함께 '쿵쾅쿵쾅' 밖에서 요란한 소리가 들렸다.

"야! 석이 엄마! 나와봐!"

아침 댓바람부터 엄마의 친구인 경애 아줌마가 심하게
문을 흔들어 댔다. 새침한 경애와 숙희는 같은 학년에
같은 마을 살아도 이유를 알 수 없지만 같이 어울려 놀
아 본 기억이 없다.

"야! 네가 계 들라고 해서 들었으니까 어떻게 할 거야?
말 좀 해봐?"
"나도 피해자야, 속상하겠지만 어떻게 하겠어?"
"믿을 만한 사람이라며, 네가 책임져!"
"나도 집이 넘어가서 이달 말까지 어머니하고 애들 데리
고 당장 이사 가야 할 처지야. 돈도 마련해야 하고!"

엄마는 가족들에게 미안한 마음과 당장 놓여있는 어려운
현실에 밥이 타는 지도 잊어버린 채 사정을 하고 있다.

"그래도 너는 집도 있고 나보다 처지가 낫잖아?"
"몰라! 책임져!"

부뚜막에 걸터앉은 채 삿대질을 해가며 노려보고 있있다. 그나마 다행이라면 아버지가 새벽에 일 나가셔서 이 상황을 보지 못한 것에 안도했다. 숙희는 매번 아쉬운 소리 한 번 못하고 싸울 줄도 모르는 엄마가 안쓰럽기만 했다.

"아줌마! 우리 엄마한테 왜! 이러세요! 누가 아줌마더러 억지로 하라고 했어요? 결정은 아줌마가 했잖아요? 당장 나가세요!"
"숙희야! 들어가 있어."

오히려 딸에게 역정 내는 엄마 모습에 숙희는 더욱 화가 났다.

"어머나! 무서워라, 어린 계집애가 어른한테 눈 똑바로 뜨고 딸 교육 제대로 시켜!"
"아줌마 자식이나 잘 시키세요!"
"어린년이 누굴 닮아 이렇게 못 됐어? 어이가 없네."

분에 못 이겨 씩씩거리던 경애 엄마는 할머니의 중재로 마무리가 됐다. 며칠 후 우연이 아빠는 우연이를 데리고 야밤에 마을을 떠났고 학교도 전학을 가서 다시는 볼 수가 없었다. 시간이 지나 엄마들 간에는 화해가 됐지만 숙희와 경애는 학교에서도 본채만채 외면하기 일쑤였다. 숙희 엄마는 친정집에서 어렵게 돈을 마련해 아랫마을에서 가까운 중간 마을로 이사했다.

▌ 다르다는 것

마을에서 가장 싸다는 다세대 주택으로 온 집은 가운데 우물을 중심으로 1호에서 10호까지 10가구가 오밀조밀 모여 살았다. 10가구가 한 우물을 사용했다. 김치를 담그고 빨래를 하던 우물가는 여자들의 모임 장소였다. 때론 남편과 자식 얘기들로 시작해서 밤에 남편이 어떻게 했느니 하며 야설을 늘어놓기도 했다. 낄낄거리며 맞장구를 치다가도 어느 날엔 머리채를 잡고 뒹굴기도 했다. 누구의 집이 어떻게 산다더라, 여자 셋만 모여도 접시가 깨진다는 속담처럼 우물가에 모인 여자들의 입방아에 종종 다툼이 일기도 했다. 아줌마들 사이에서 8호에 사는 우정이네 얘기가 도마에 올라 난도질을 당하기도 했다. 10살가량의 여자아이 우정이는 엄마와 단둘이 살았다. 우정이 엄마는 지적인 외모와 늘 차분한 말투였다. 우정이도 언제나 레이스가 달린 공주처럼 옷을 차려입고 하얀 피부에 커다란 눈망울을 지닌 예쁜 외모였다. 숙희는 우정이를 학교에서 본 적이 없다. 언제인지 알 수는 없지만, 엄마 손을 잡고 교회 언덕을 올라가는 것을 보았을 뿐이었다. 가구 중에서 유일하게 우유와 유리병에 담긴 오렌지주스를 배달시켜 먹었다. 우정이는 엄마 손을 잡고 자주 외출을 했다. 숙희는 우정이가 부럽기도 하고 궁금하기도 했다.

"글쎄, 딸내미 하나 키우면서 매일 어디를 돌아다니는지? 열 살은 돼 보이는데 학교도 안 보낸데?"

"학교에서 선생인가? 와서 설득해도 눈 하나 깜짝 안 하고 끼고 돌아다니기만 하니, 쯧쯧!"

"남편도 없이 살면서 뭐가 그리 유세인지 사람을 보고도 고개 빳빳이 쳐들고 지나간다니까."

"아, 글쎄, 부녀회장이 그러는데 집에 귀신 나오게 생겼다고 하던데…!"

"그래, 예수한테 미쳐서 매일 돌아다니니 그렇겠지? 호호호."

"도대체 돈은 어디서 나서 저리 쓰는 걸까?"

"어디에 기둥서방이라도 있나? 아니면 돈 많은 집에 첩이라 쫓겨나서 돈만 대주는지? 호호호! 흐흐."

지나다니며 수군대는 얘기들은 왜 그렇게 잘 들리는지 숙희는 우정이가 더 궁금해지기 시작했다. 하지만 새침한 우정이에게 어떻게 다가갈지도 고민됐다. 학교 가는 길에 미영이와 지영이 영배를 만났다. 교회 뒤 살고 있는 영배가 우정이를 봤는데 우정이가 주말에는 엄마와 함께 교회에 다니는 것 같다고 말했다.

"그래! 교회다 교회에 가보는 거야."

"교회?"

"응, 우리 같이 교회에 다녀볼까?"

"나는 목사님이 오셔서 몇 번 가 봤는데."

영배 집으로 목사님과 전도하는 분들이 가끔 집으로 찾아와 초콜릿과자도 주고 가신다고 말했다.

"난 안 돼. 할머니한테 혼나!"

할머니와 함께 사는 지영이가 걱정되는 얼굴로 찡그리며 말했다. 그도 그럴 것이 할머니와 지영이 집에 갔던 날이 생각난다. 과일과 돼지머리를 올려놓은 상 앞에서 지영이 엄마와 할머니는 연신 손바닥을 비비며 중얼대셨고, 색동옷을 입은 여자가 깃털이 달린 갓을 쓰고 칼을 휘두르며 폴짝폴짝 뛰어올랐다. 할머니 말에 의하면 굿을 하는 거라고 했다. 지영이 아버지는 논에서 일하다 쓰러져 잘 걷지도 못했다고 한다. 병원에 다녀도 잘 회복이 되지 않아 무당을 불러 굿을 한 뒤 나아졌다고 해서 해마다 점집을 다닌다고 했다.

"바보야, 말 안 하면 되지."
"난 초콜릿과자 먹고 싶어, 그래 가자! 호호."

미영이는 초콜릿과자 말에 귀여운 강아지가 기분 좋아 꼬리를 흔들어 대듯 발을 동동거리며 엉덩이를 좌우로 흔들어 댔다. 햇살이 반짝이는 일요일 아침 숙희는 제일 좋아하는 아이보리색 원피스에 체크무늬 조끼를 꺼내 입었다. 머리는 언니에게 부탁해 핑크색 토끼 머리끈으로 양 갈래로 묶었다. 우정이에게 잘 보이고 싶기도 했지만 처음 가는 교회라 초라해 보이고 싶지 않았다. 걸어서 10분 거리의 교회 앞에서 아이들과 만나서 들어가기로 약속이 되어 있었다. 교회 안은 넓고 엄숙한 분위기에 사람들이 하나 둘 자리에 앉아 두 손 모아 기도를 했다. 눈을 감고 "아버지 하나님, 아버지시여!" 하면서 뭐라고 하는지 연신 아버지를 찾았다. 영배는 눈을 떴다 감았다 미영이는 실눈을 뜨고 있고 지영이는 소리 없이 히죽히죽 웃는다. 숙희는 신기한 듯 애꾸눈으로 교회 안을 훑어보았다. 중간에 앉아 있는 핑크색 망토를 두른 우정이도 눈에 들어왔다. 예배가 끝나자 장년부, 청년부, 학생부로 나뉘어 성경공부도 하고 찬송가도 불렀다. 아담한 키에 단정한 남자 선생님이 새로 나온 친구들을 호명해서 인사를 시켰다.

"안녕하세요! 음… 나는 아니, 저는 4학년… 음, 이름은 김미영입니다."

부끄러운지 더듬더듬 혀를 날름이며 양팔을 뒤로 배배 꼬는 작은 체구에 미영이가 귀여운지 언니 오빠들이 웃으며 쳐다보았다. 우정이도 큰 눈을 끔뻑이며 우리들을 응시했다. 소개가 끝나고 초콜릿과자는 아니지만, 과일맛이 나는 사탕과 요구르트를 나누어 주었다. 신이 난 아이들은 성경공부가 빨리 끝나기만을 기다렸다. 숙희는 먹고 싶은 것을 꾹 참고 언니와 동생에게 주려고 조끼 주머니에 넣어 집으로 돌아왔다.

간절히 원하면 이루어진다고 했던가? 드디어 우정이 엄마가 우정이가 교회에서 봤다며 우리들을 초대를 해주셨다. 숙희는 기대 반 설렘 반 아이들과 함께 우정이 집으로 갔다. 집안으로 들어서는 순간 '헉' 놀라지 않을 수 없었다. 물건들은 어지럽혀져 있었고 평소 때 겉모습과는 달리 비위생적이었다. 숙희는 적잖이 실망이 밀려왔다. 우정이 엄마는 방 한가운데 초콜릿과자와 오렌지주스를 차려서 내오셨다. 우정이도 밝은 표정으로 맞이해 주었다. 숙희와 달리 아이들은 맛있게 먹을 생각에 아무 생각이 없어 보이는 듯했다.

"와! 초콜릿과자다!" 아이들은 누가 빼앗아 가는 것도 아닌데 양손에 들고 볼이 터지도록 베어 물었다.
"맛있게들 먹어라, 교회도 열심히 다녀야 한다, 하나님 말씀 공부도 하고."
"네!"

누구보다 크게 대답하는 영배 녀석이 한심해 보였다. 게을러서 학교도 종종 지각하는 놈인데 한 대 쥐어박고 싶은 생각이 들었다. 정작 딸은 학교에도 안 보내면서 교회 열심히 다니라는 말이 이해가 가질 않았다. 왠지 우정이가 부럽기보다 측은하단 생각이 들었다. 비좁은 단칸방 맨 윗목에 누운 숙희는 어려운 형편이지만 학교에 다닐 수 있다는 것과 깔끔한 성격의 할머니가 계시다는 것에 감사했다.

학교 가는 길

마을에 사는 친구들과 걸어서 학교 가는 길은 언제나 발걸음이 가벼웠다. 학교까지는 걸어서 30여 분 거리다. 포도밭, 공터, 우시장을 지나면 볼거리와 웃을 일들이 많았다. 아이들은 풀숲에 흐드러지게 핀 애기똥풀 줄기를 꺾어 노랗게 나오는 물을 손톱에 바르기도 하고 토끼풀 하얀 꽃줄기를 뽑아 꽃반지와 꽃시계도 만들었다. '하하 호호' 재잘재잘 떠들다 보면 어느새 학교에 도착하곤 한다. 학교 뒷문 쪽에는 파라솔 안에 연탄 화덕 두개를 두고 장사하는 달고나 아저씨와 다리를 쩔룩거리며 손수레에 번데기를 파는 외팔이 아저씨가 계셨다. 평소보다 일찍 도착하는 날에는 돈이 있는 친구들에게 빌붙어 구경도 하고 얻어먹기도 했다.

"얘들아! 수업 시작하려면 40분이나 남았어, 누가 돈 있으면 뽑기 할래?"
"아빠가 준 20원 있어" 미영이가 책가방 앞주머니에서 동전을 꺼내 보여주었다.
"나는 할머니가 과자 사 먹으라고 50원 줬어." 철수가 말했다.

면사무소에 다니는 미영이 아버지는 딸만 셋인데 막내 딸 미영이를 예뻐하셨다. 숙희는 자신의 아버지와 너무 다른 미영이 아버지가 늘 부러웠다. 아들이 없어도 딸만 셋 낳은 미영이 엄마에게도 항상 다정하게 말하는 모습이 의아해 보였다. 철수 아버지는 자기 소유의 땅에 벼농사를 지었다. 둘은 친구들 사이에서 가장 형편이 나은 편이다. 창수 부모님은 아이가 생기지 않자 창수 할머니께서 매일 밤낮 불공을 드려서 7년 만에 어렵게 가진 금쪽같은 손자이자 아들이다. 가끔 할머니에게 어리광부리는 모습을 목격할 때 보면 경희보다 못한 철없는 아기 같아 보였다. 창수가 말을 안 들어 엄마가 야단이라도 치게 되면 할머니는 보이는 물건을 며느리에게 집어던지기도 한다고 했다. 그러고 보니 창수의 주머니에서 돈이 떨어진 것을 거의 본 적이 없다.

"나는 없는데…!"

난처한 표정을 지으며 말하는 지영에게,

"내가 사 줄게."

미영이는 지영이에게 10원을 기꺼이 내주었다.

"그럼 다음에 내가 사 줄게."

지영이는 밝게 화답했다.
철수도 숙희와 영배에게 10원씩 나누어주었다.

아이들은 국자에 눈처럼 하얀 설탕을 세 순가락 받아 들고 화로 앞에 옹기종기 모여 앉았다. 나무젓가락으로 휘휘 돌려가며 설탕이 누렇게 녹을 때 아저씨는 베이킹 소다를 젓가락으로 툭툭 털어 넣어주었다. 그러자 국자 안에서 요술을 부리듯 황금색으로 부풀어 올랐다.

"와! 내 꺼 봐! 하하하! 호호호!"

마냥 신기한 아이들은 은색 쟁반 위에 놓인 황금색 달고나가 굳기 전에 달, 별, 세모, 네모 취향대로 모양 틀을 골라 달고나 위에 찍는다. 다 식어 굳은 달고나를 이쑤시개로 침을 묻혀 콕콕 찍어가며 조심스레 모양을 완성하려고 애를 쓴다. 선을 따라 모양을 완성하면 한번의 기회가 더 생겨 달콤한 달고나를 최소 두 개는 먹을 수 있기 때문이다. 반에서 꼴등 하는 영배도 산만한 철수도 수업시간에 지금처럼 만한다면 1, 2등도 할 거 같았다.

"땡, 땡, 땡, 땡."

너무나 집중한 나머지 수업시간이 다 되어 가는 줄도 모르고 종소리를 듣고서야 정신이 번쩍 들었다.

"야! 큰일 났어! 어떻게?"
"뭘 어떻게? 뛰어가야지."

헐레벌떡 달고나를 입안으로 털어 넣고 뛰기 시작했다. 지각하면 복도에 나가 의자를 들고 벌을 설 것이 뻔하니 달고나가 문제가 아니었다. 영배는 졸업할 때까지 신으라며 사 준 신발이 너무 커서 뛰다가 벗겨지고 또 벗겨지기를 반복했다. 도저히 안 되겠는지 벗겨진 운동화를 가슴에 끌어안고 젖 먹던 힘을 다해 뛰어갔다. 우리들만의 지름길 통로로 가기로 했다. 학교 안과 연결된 낮은 산언저리에 심어진 나무 담장을 헤집고 들어가면 정문과 후문으로 가는 것보다 훨씬 빠르기 때문이다. 아는 애들만 안다는 이곳을 일명 '개구멍'이라고 불렀다. 숙희를 따라 하나 둘 개구멍으로 몸을 구겨 넣었다.

"이놈들! 뭐하다가 월요일부터 떼거지로 늦었어? 그리고 누가 이곳으로 다니라고 했어? 어!"

검은 뿔테 안경에 우락부락한 얼굴, 배에 튜브를 낀 듯 불룩 튀어나온 교무주임 선생님은 무섭기로 소문난 분이셨다. 줄반장인 숙희는 선생님 심부름으로 교무실에서 몇 번 본 적이 있었다.

"선생님 죄송해요, 한 번만 봐 주세요!"
"요 녀석이, 따라와!
"아, 아! 아파요! 귀, 내 귀 아!"

맨 앞장을 섰던 숙희의 귀를 교무주임 선생님이 세차게

잡아당겼다. 숙희는 귀가 뽑히는 줄 알았다. 붉게 익은 양쪽 귀에 뜨거운 전기가 느껴졌다. 우리들은 각 반에 인계되었고 나란히 복도에 나와 팔이 빠지도록 의자를 들고 벌을 섰다. 맞은편 복도 벽에 걸린 그림 하나가 눈에 들어왔다. 3.1절 행사 때 그림 그리기에서 우수상을 받은 그림이다. 행주산성에서 침입하려는 외적들을 물리치는 장면이다. 외적 병사가 활을 맞고 피를 흘리며 대자로 누워있었다. 오늘따라 무심히 지나쳤던 숙희의 그림이 너무 선명하게 보였다. 달콤한 달고나 유혹의 대가치고 너무 크게 느껴졌다.

한 달에 한 번 월요일은 용의 검사가 있는 날이다. 이 시간만큼은 선생님의 목소리에 힘이 실린다. 마른 체형에 긴 머리를 틀어 올린 '이 귀실' 선생님의 별명은 이 귀신이었다, 선생님은 목소리 톤이 가늘고 날카로웠다. 그러나 별명과 달리 특별활동 시간에 현대무용을 가르칠 때면 아름다운 신체의 선들을 유감없이 발휘했다. 손 끝 발끝에서 전해져 오는 내면의 소리들이 춤으로 표현됐다. 복도를 걷는 모습 또한 자세가 바르고 우아하게 걸었다.

"자자! 책상 위로 손들 올려! 어서!"
"영배야! 너, 뭐 하는 거야?"

숙희의 짝 영배가 시커면 손톱 밑에 때를 물어뜯고 있

길래 하지 말라며 팔꿈치로 어깨를 툭툭 쳤다.

"손톱이…!"

언제나 그렇듯 꼬질꼬질한 영배를 보면 벌로 청소를 하느니 나 같으면 씻고 다닐 텐데 하는 한심한 생각이 들곤 했다.
우리 앞에 멈춰선 선생님,

"영배! 웃옷 올려 봐!"

머뭇거리는 영배를 보고 난해한 표정을 지으며 갖고 계신 긴 막대기로 영배의 상의를 들어 올린다.

"아이고, 까마귀가 보고 형님 하겠네!"

영배의 얼굴은 홍당무가 되어 왈칵 눈물이라도 쏟아질 기세다.

"오늘 집에 가서 깨끗이 씻고 와! 알겠어!"
"네…!" 영배는 코를 훌쩍이며 눈물인지 콧물인지 연신 옷소매로 닦는다. 영배에게 최악의 날인 듯했다.

▌ 저 하늘에 별이

기찻길 넘어 앞마을에 둑길 따라 흐르는 냇가가 있었다. 여름 방학이면 아이들과 냇가에서 고기도 잡고 수영도 하면서 놀기도 했다. 숙희가 5살 무렵 아버지의 막내 동생인 삼촌이 물에 빠져 돌아가셨다. 그래서 숙희 엄마는 4남매가 물가에 가는 것을 탐탁치 않게 생각했다. 숙희 또한, 물에 대한 상처가 있었다. 하지만, 알량한 자존심 때문에 겉으로 내색하지는 않았다. 비교적 물이 맑고 깊지 않아서 아이들과 여름을 즐기기에는 최고의 장소였다. 남자 아이들은 빤쓰만 입고 물에 들어가고 여자 아이들은 챙겨온 반바지를 입고 들어갔다. 가끔 물놀이하러 온 다른 마을에 사는 친구들도 같이 어울려 놀기도 했다.

"얘들아! 영배 좀 봐, 하하하!"

아이들의 눈은 영배의 움켜쥔 아랫도리와 떠내려가는 빤쓰를 번갈아 가며 바라보았다. 고무줄이 헐렁한 영배의 빤쓰가 벗겨져 냇물에 떠내려가고 있었다. 창수와 앞마을 사는 영수는 건지려 헤엄치고 있었고, 여자 아이들은 손으로 입을 틀어막으며 낄낄댔다. 숙희는 영배의 허름한 반바지를 가져다 앞을 가려 주었다.

"야! 너희들 뒤 돌아서 있어."

낄낄대는 아이들에게 화를 내며 말했다. 창피한 기색의 고개 숙인 영배가 마음에 걸렸다. 그 틈을 타 다 해져가는 바지를 허겁지겁 갈아입었다. 창수가 건져온 영배 빤쓰는 숙희 집 걸레로 쓰는 아버지 빤쓰와 다를 바가 없어 보였다. 빤쓰를 건네받은 영배는 대수롭지 않다는 듯 꾹꾹 눌러 물기를 짠 뒤 풀숲에 던졌다. 빤쓰 사건으로 한바탕 시간이 지나서야 아이들은 챙겨온 마른 옷으로 갈아입고 젖은 옷가지들을 챙겨 담았다. 영배도 빤쓰를 챙겨 들었다. 철길 따라 나란히 걸어가는 아이들 머리 위로 석양이 붉게 물 들어가고 있었다. 숙희 집은 무더웠던 여름 끝자락, 살기 불편했던 다가구 주택을 떠났다. 잘 사는 작은 아버지들의 도움을 받았다. 할머니는 부잣집 자식들이 많아도 형편이 어려운 장남 집에서 살기만을 원했다. 못사는 큰형이 안쓰럽기도 하겠지만 할머니를 잘 모시라는 의미가 담겨있기도 했다. 독점 옆 허름한 집이지만 방이 세 개인 독채라 전에 살던 집에 비하면 대궐이다. 집 앞마당에 장독대가 있어서 할머니는 흐뭇하게 생각했다. 비록 전세지만 좋은지 시루떡도 두 말이나 해서 마을에 돌렸다. 어린 경희와 내성적인 언니를 대신해 숙희는 엄마와 함께 집집마다 떡을 돌렸다. 교회 옆 모퉁이를 돌아 허름한 영배 집은 숙희가 심부름을 했다. 금방이라도 주저앉을 것 같은 기와집 흙벽에 나무 대문을 열고 들어갔다.

"영배야! 영배야! 나 숙희야!"

그러자 앙상하게 마른 초췌한 얼굴의 영배 엄마가 창호지 문을 열고 나오셨다. 영배 엄마의 두 눈은 초점을 잃은 채 바닥을 응시했고, 영배가 대신 떡을 받아 들었다.

"엄마가 갖다 주고 오래요."
"그래, 잘 먹는다고 전해라."

영배 엄마는 들릴 듯 말 듯 힘없는 소리로 인사를 건넸다. 불면 날아갈 것처럼 야위어 있었다.

"안녕히 계세요! 영배야! 내일 같이 놀자."
"응, 잘 가!"

그날 저녁 할머니와 엄마가 나누는 얘기를 우연히 듣게 됐다. 영배 엄마의 이야기였다. 영배 아버지가 날일을 해서 번 돈으로 매일같이 술을 사서 마신다고 했다. 돈을 주지 않으면 외상이라도 해서 마신다며 아이들이 불쌍하다고 하셨다. 영배는 위로 누나만 세 명인데 누나 둘은 옷을 만드는 공장에서 숙식하고 막내 누나는 남의 집살이하러 보냈다고 했다. 영배 아버지는 술을 못 먹게 하려고 밖에서 방문을 잠그고 나가기도 한다고 했다. 어른들의 얘기를 엿들은 숙희는 영배가 불쌍했다. 숙희는 여름방학도 끝나 가는데 밀린 숙제들이 많아서 걱정이다. 일기도 삼일 쓰고 밀려 있었다. 우선 급한 대로 일기부터 벼락치기를 하기로 했다. 삼일 동안 밥 먹을 때 빼고는 기억을 더듬어 가며 일기를 썼다. 소설을 쓰듯 내용을 만들어 내기도 했다. 방학숙제와 일기가 없는 세상에서 살면 얼마나 좋을까? 땅이 푹 꺼지도록 한숨을 내쉬었다. 과학탐구 과제는 숙희가 좋아하는 과목이라 담장 밑에 핀 봉숭아꽃 옆에 핀 할머니가 좋아하는 분꽃으로 정했다. 빨간 분꽃을 꽃부터 줄기 잎을 잘라서 붙이고 뿌리까지 캐서 도화지에 테이프로 붙이고 열매를 맺는 과정까지 설명해 가며 파일을 만들었다.

"숙희야! 대장!"

참새들이 지저귀듯 아이들이 몰려왔다. 죽었는지 살았는지 확인이라도 하듯, 대문을 열고 방문 앞까지 와서 떼창이다.

"너희들은 방학숙제 다 했어?"
"아니!"

당연한 듯 자신 있게 말하는 아이들이다. 숙희는 안 했을 거라고 생각하며 물어봤지만, 마음속으로는 위로가 됐다. 그렇지 않아도 엉덩이에 쥐가 날 것 같았는데 잘 됐다 싶은 생각에 책을 덮었다. 대문 앞에서 작고 예쁜 모양의 돌들을 주워 독점 안으로 들어갔다. 독을 굽고 나서 빼내면 넓은 동굴 안은 아이들만의 놀이터가 된다. 주워 온 돌로 편을 먹고 숙희는 깍두기가 되어 공기놀이를 했다. 손이 작은 미영이는 꺾기에서 자꾸 실패를 했다. 숙희는 친구들보다 더 높이 공깃돌을 던져 한 번에 꺾는다. '와!' 아이들은 신기한지 연신 박수를 쳐 댄다. 한참 독점 안이 아이들 웃음소리로 가득할 때 철수 엄마가 독점 밖에서 철수를 부르신다.

"철수야, 미영이 아줌마 오셨는데 미영이 여기 같이 있어?"
"네."

하며 다 같이 밖으로 나가 보았다.

"방학 숙제는 언제 하려고 놀기만 하는 거야?"

어지간해서는 이곳까지 오실 미영이 엄마가 아닌데 화가 나신 얼굴로 말했다.

"철수도 숙제를 하는 걸 못 봤어요, 너희들은 방학 숙제는 하고 노는 거야?"

엄마들의 성화에 끌려가듯 집으로 돌아갔다.

방학이 끝나고 개학식에 그동안 해 온 과제들을 선생님께 제출했다. 내 짝 영배는 방학 숙제로 내준 하루 계획표에 아침 먹고 10시부터 공부라고 씌어있었다. 숙희는 순간 피식 웃음이 터져 나왔다. 숙희도 계획표대로 지킨 적이 없기에 별반 다르지 않았다. 일주일이 지나고,

"자, 조용 너희들이 제출한 과제 결과가 나왔다."

방학이 끝나면 제출한 과제로 상을 주었다. 상을 받으러 나온 친구들에게 박수를 쳤다. 숙희는 우수상과 함께 과학탐구 금상을 받았다.

"숙희는 교장선생님과 교육감님 선생님들 앞에서 2주 후 내용을 발표하기로 했다"

선생님은 자신이 가르치는 반에서 최고의 상이 나와서 인지 활짝 웃으며 말했다.

"와!"

반 아이들은 박수와 함께 부러운 눈빛으로 숙희를 바라 봤다. 숙희는 금상이라고 쓰여 있는 상을 받고 기쁘면서도 발표란 말에 설렘과 부담감이 교차했다. 숙희는 친구들을 뒤로하고 기쁜 나머지 집을 향해 빛의 속도로 달려갔다.

"할머니! 저, 상 받았어요."

며칠 후에 있을 왕고모 딸 결혼식에 입고 갈 두루마기 단을 꿰매고 있는 할머니께 자랑을 했다.

"그래, 알았다."

큰 기대는 안 했지만 내심 서운했다. 평소에도 할머니는 딸들은 중학교만 보내고 돈 벌게 하라며 아버지께 말한 적이 있었다. 저녁이 되자 퇴근한 아버지와 엄마에게도 상을 보여주었다. 평소에도 다가가기 어려운 아버지라 어렵게 입을 열어 자랑했다. 아무 말 없이 숙희의 상을 엄마와 아버지가 훑어보셨다.

"그래, 잘했어, 어서 가서 자거라"

고작 엄마의 한마디였다. 엄마와 아버지는 내년에 고등학교 진학하는 오빠의 공납금과 교복 걱정을 하고 있었다. 밖으로 나온 숙희는 벽에 기댄 채 땅 위에 튀어나온 돌 뿌리를 발로 툭툭 찼다. 밤하늘에 수 많은 별들도 빛을 잃어 어둡게 느껴졌다. 숙희는 며칠 동안 방과 후 학교에 남아 발표 연습에 몰두하기로 했다. 그래서 보란 듯이 보여 주리라 다짐했다. 돌려받은 파일을 펼쳐 들고 선생님 앞에 서서 설명하기도 하고 순서를 다시 공책에 써 가며 발표 내용을 연습했다. 그리고 며칠이 지나서 발표의 날이 왔다. 아침 조회에 선생님이 반 아이들에게 조용히 경청하라는 몇 가지 당부를 하고 나자, 교실 뒷문으로 교장선생님과 장학사님을 선두로 그 뒤를 각 학년 주임 선생님들이 들어왔다. 순간 평소 씩씩했던 숙희도 두 손에 땀이 나고 가슴이 콩닥콩닥 조여오는 것 같았다. 숙희는 68명의 반 아이들과 선생님들 앞에 서자 모든 눈들이 자신을 보고 있다는 생각에 긴장을 늦출 수가 없었다.

"안녕하세요! 6반 김 숙희입니다, 방학 동안 관찰한 분꽃에 대해 발표하도록 하겠습니다."

청중들의 박수 소리에 순간, 떨림과 함께 희열을 느꼈다. 숙희는 칠판에 얼마 전 선생님과 준비한 사진들과 내용을 요약한 전지를 지휘봉으로 집어 가며 설명해 나갔다. 처음에 긴장했던 떨림을 잊기라도 한 듯 또박또박 큰소리로 설명해 나갔다. 20분 남짓 어떻게 지나갔는지도 모르게 발표는 문제없이 잘 마무리됐다. 인사를 하는 순간 환호의 박수갈채가 터져 나왔다.

"숙희야, 잘했어!" 선생님의 칭찬에 어깨가 으쓱했다.

집에 돌아와 학교에서 있었던 일들을 이야기하지 않았지만, 자신도 모르게 콧노래가 나오고 모르는 사람이 보면 이상하다고 생각할 수 있을 것 같이 실실 웃고 다녔다.

일요일 아침 혼자 어제의 희열을 꿈을 꾸듯 더 느끼며 있고 싶어 이불을 뒤집어쓰고 있는 숙희를 눈치 없는 영배가 일찍부터 불러댄다.

"숙희야! 놀자!"

대충 눈을 비비며 고양이 세수를 하고 마지못해 밖으로 나갔다. 철수까지 불러서 둘이 숙희 집 대문 밖에 서 있었다.

"영배 너는 어쩐 일로 일찍부터 왔냐?"
"백구 보러 같이 가자고, 히히."

코 찔찔이 영배가 백구는 예쁜지 보고 싶어 했다. 대문을 열고 들어서자 두 손으로 누렁이를 치켜들어 볼을 비벼대는 창수가 보였다.

"아버지가 우리 누렁이 집 지어 준대."

창수가 신이 나 자랑을 늘어놓는다.

"어서들 오거라."

창수 아버지가 반겨 주셨다.

"안녕하세요!"

바닥에는 나무와 철창 등 연장들이 널브러져 있었다. 숙희는 부럽기도 했다. 창수 엄마는 점심에 먹을 콩국수를 준비하려고 양 다리를 쭉 뻗고 앉아 가랑이 사이에 맷돌을 돌리고 있었다.

"너희들도 콩국수 한 그릇 먹고 가라!"
"네."

영배는 배가 고팠는지 바로 대답한다. 숙희는 평소 많이 먹지도 않지만, 창수 어머니의 음식이 입에 맞지 않기도 했다. 하지만 영배 녀석 때문에 거절하기 어려웠다. 손이 빠른 창수 어머니는 마루에 콩국수 한 상을 차려 내왔다. 돌도 씹어 먹을 것 같은 식성 좋은 영배는 '쩝쩝' 소리를 내며 허겁지겁 먹어 댔다. 볼 때마다 신기한 영배를 보며 숙희는 젓가락으로 국수를 뒤적이며 깨작 거렸다.

"와 입에 안 맞나?"

경상도가 고향인 창수 어머니가 물었다.

"그러니, 키가 안 크지!"

옆에서 창수 할머니가 퉁명스럽게 말했다.

"집에서 먹고 왔어요."
"숙희 너, 가리는 것도 많고 밥 한 숟가락을 하루 종일 먹는 다면서? 잘 먹어야 키도 크지?"

맞는 말이긴 한데 창수 할머니가 어떻게 아셨는지 짐작이 가기에 생각할수록 기분이 안 좋았다. 입 싼 할머니가 고자질을 한 게 틀림이 없기 때문이다. 체할 것 같았던 자리를 피하고 싶어,

"창수야 우리 칡 캐러 갈래?"
"칡? 좋아, 가자!"

늦지 말라는 창수 할머니 당부에 답하고 창수 집 삽을 들고 대문을 나섰다. 셋은 창수 집 우측으로 내려가다 보면 작은 야산으로 갔다. 산 아래 개울이 흘러 모래흙이라 캐기도 쉽고 칡이 달고 맛있었다. 숙희는 재작년 이른 봄에 오빠를 따라 가본 적이 있었다. 산 아래 도착한 영배와 창수, 숙희는 칡넝쿨을 찾아 돌아가면서 땅을 팠다. 그러자 하얀 속살을 드러낸 가늘고 통통한 참 칡이 나왔다. 모래흙을 툭툭 털어 숙희 옷에 쓱쓱 닦아서 세 토막으로 잘라 영배와 창수에게 건넨다.

"와, 정말 맛있다!"

참 칡이라 씹을수록 칡즙과 함께 고소하게 씹히면서 목구멍으로 넘어간다.

"이제 그만 캐고 미영이랑 지영이랑 같이 먹자!"

아침도 굶은 숙희가 재촉해 독점으로 올라갔다. 뒷마을에 사는 현철이 엄마가 아직 돌이 안 된 현철이 동생을 포대기에 없고 멀리 보이는 영배를 보자 손짓을 했다.

"영배야! 언능 느그 집으로 가 봐라!"

목포에서 시집왔다는 현철이 엄마가 울먹이며 발을 동동 굴렀다. 현철이는 경희와 같은 반 1학년이다. 영배의 엄마와는 같은 고향이고 김치 하며 밑반찬을 해서 살뜰히 챙겨주었다고 한다.

"네? 왜요?"
"느그 엄마가 병원에 실려 갔다는디....!"

더 이상 말을 잇지 못하셨다. 달려가는 영배의 뒷모습에 불길한 기운이 감돌았다. 이른 새벽 영배 엄마는 돌아올 수 없는 길을 떠났다는 소식이 들려왔다. 마을 사람들은 저녁 무렵에 영배 집에 모였고 집 앞에는 하얀 천막이

쳐졌다. 숙희도 할머니 손을 잡고 따라가기는 했지만, 영배의 얼굴을 볼 자신이 없었다. 방안에는 병풍이 쳐 있고 그 뒤에 염을 한 영배 엄마가 나무 관에 누워있다 고 했다. 상 앞쪽으로 흐느끼는 누나들 사이에 고개를 숙이고 앉아 있는 영배의 모습도 보였다. 숙희는 영배엄 마의 마지막 모습이 떠올랐다. '마음이 아프다는 것이 이런 건가?' 하는 생각이 문득 들었다.

"아이고, 아이들이 불쌍타, 이 애들을 두고 어찌 눈을 감았을까? 흑흑!"
"뭘요? 입은 비뚤어 졌어도 말은 바로 하라고, 엄마 노 릇도 제대로 못했던 사람이에요."
"에구. 조용히 해라, 누워있는 사람 앞에서!"
"사람 구실도 제대로 못하고 아이들에게도 못 볼 꼴만 보이다 갔어요, 차라리 지나 내나 아이들 생각해서 잘 간 거 같아요."

영배 아버지는 한숨을 쉬며 얼굴을 치켜들어 하늘에다 대고 연신 담배 연기를 뿜어 댔다.

"영배 엄마는 형제들도 없나 봐? 왜 이렇게 조용해."
"엄마는 5살인가 돼서 돌아가시고 새엄마 손에서 자랐 대요. 배다른 형제가 하나 있다고 하던데."
"불쌍해라, 그래서 그렇게 술에 의지했나 봐, 영배아버지도 살가운 성격은 않았잖아요?"

음식을 나르는 마을 아주머니들은 들었던 얘기들로 수
군거렸다. 가족이라고 온 사람은 영배 아버지 쪽 사람들
서너 명이 전부였다. 영배 집 형편을 아는 터라 마을 부
녀회에서 음식을 장만했다. 늦은 밤까지 마을 사람들은
자리를 지켰다. 밤하늘에 무수히 많은 별들이 환하게 빛
을 밝히며 영배 엄마의 마지막 길을 비춰 주었다.

한 달 후, 영배아버지는 교회 관리하는 일을 했고 주말
에는 영배와 교회도 열심히 다녔다. 교회에서 만난 아이
가 없는 과부와 사귄다는 소문도 돌았다. 남의 말 하기
좋아하는 아줌마들은 아내가 죽기를 기다렸다는 둥, 얼
마 안 돼서 새 여자를 만난다는 둥 보지도 않은 내용을
수군댔다.

▌가을 운동회

보름 뒤에 열리는 운동회 준비로 학교 운동장은 늘 소란스러웠다. 체육수업은 운동회 연습으로 대체했다. 4학년은 소고춤, 줄넘기, 달리기, 포크댄스, 줄다리기 등을 연습했다. 9학급이라 연습을 하려면 빠르게 준비해서 운동장으로 집합해야 했다. 2학년 경희는 꼭두각시 춤을 연습하다 마주치기도 했다. 6학년 언니 미희는 발보다 가슴이 앞으로 나온 채 6명 중 맨 끝에서 달렸다. 학교에서 육상선수인 숙희는 언니와 경희가 매번 꼴찌로 들어오는 모습을 볼 때면 답답하기도 했다. 월요일 오후 체육수업에 소고춤 연습이 있는 날이다. 숙희는 언니가 오래전에 쓰던 소고를 물려받았다. 너무 낡아서인지 가장자리가 찢어지려고 한다. 운동회 날까지 사용하려면 안 되겠다 싶어 당분간 옆 반 미영이에게 빌려서 연습하기로 마음먹었다. 기다리던 점심시간이 돼서 미영이네 반으로 갔다. 아이들이 앉아서 도시락을 먹고 있는 사이로 미영이가 눈에 들어왔다. 1분단 맨 앞에 앉은 미영이가 옷소매로 눈물을 닦고 있는 것 같았다.

"미영아! 왜 그래? 무슨 일이야?"
"얘가 선 넘어온다고 연필로 찔렀어, 으흐흑!"

울어서 코가 빨개진 미영이가 훌쩍이며 말했다.

"정말? 어디를?"

미영이가 내민 손등에 연필심 자국이 선명하다. 짝인 경태가 책상에 선을 그어 놓고 넘어오지 말라며 심통을 부렸던 것이다.

"경태 너, 학교 끝나고 운동장에서 보자!"
"그러면 내가 무서워할 줄 알고, 메롱!" 하며 놀려댔다. 아무래도 오늘 그냥 집으로 가기는 힘들 것 같았다. 마지막 수업에 소고연습이 끝나고 괘씸한 경태를 어떻게 혼내 줄지를 고민했다. 우선 짝 영배와 창수 그리고 영수까지 불러서 도와달라고 했다.

"경태를 어떻게 하려고?"
"연약한 여자를 괴롭혔으니 혼이 나야지!"
"경태가 나오겠대?"
"그러니까 너희들을 부른 거야, 가서 미영이랑 함께 데리고 오라고!"

숙희의 말에 교실에서 경태를 데리고 나왔다. 미영이도 함께 따라 나왔다.

"경태, 너, 미영이에게 사과해!"
"뭘 사과해?"
"몰라서 물어, 너도 똑같이 해 줄까?"
"너, 우리 엄마한테 이를 거야."

"일러라 찔러라, 얘들아! 경태 팔 꽉 잡아!"
"넌 구제 불능이구나, 잘못했으면 사과를 해야지"

연필을 들어 내리치는 시늉을 하자 화들짝 놀라 뒤로 멈춰 섰다.

"아, 알았어, 미안해 다시는 안 그럴게!"
"미영아, 경태 사과받아줄 거야?"
"응, 알았어."
"그럼 화해했으니까 이것으로 없던 일로 하고 사이좋게 지내는 거야, 알았지? 호호호!"
"그래! 하하, 호호호!"

그 후로 미영이가 경태 때문에 우는 일은 없었다. 그리고 다행인 것은 경태가 다른 친구들과도 잘 지낸다는 거였다. 학교 동산에 밤꽃이 만개하고 하늘 높이 만국기가 펄럭인다. 기다리던 운동회 날이다. 학생들의 부모나 가족들은 좋은 자리를 차지하려고 일찍 와서 돗자리를 폈다. 늦게 온 가족들은 자리를 찾지 못해 복도와 현관 입구까지 자리를 차지했다. 학교 앞 주변에는 장사꾼들이 이 날을 기다린 듯 진을 치고 있었다. 읍내 사람들이 모두 학교로 와 거리가 한산 한산하다고 했다. 숙희 엄마는 일 년에 한번 운동회 날은 만사 제치고 할머니를 모시고 학교에 왔다. 볼거리도 많지만, 숙희가 달리기에서 1등하면 동네 아줌마들 앞에서 엄마의 어깨도 으쓱했다.

"청군 이겨라! 백군 이겨라! 야야, 야, 야야…!"

응원전 열기도 후끈 달아올랐다. 아이들은 저마다 자신이 참가하는 경기의 순서를 확인했다.

"준비! 탕!"

아이들이 두려워하는 공포의 신호탄 소리도 연신 들려온다. 한쪽에서는 "영차! 영차!" 줄다리기, 다른 한쪽에서는 선배들의 차전놀이, 다른 한편에서는 오래달리기, 콩주머니로 몸을 맞추는 피구 등, 운동장 안은 열기로 후끈 달아올랐다. 부모들 중에는 목을 길게 빼고 바라보기도 하고 제자리에서 팔을 힘차게 흔들며 "달려! 달려! 더! 더!" 하며 목이 터져라 응원했고, 또 다른 부모는 달리는 아이를 향해 얼굴을 쥐어 짜가며 온몸으로 응원했다.

"안내 말씀입니다. 지금부터 12시 50분까지 점심시간입니다, 부모님들께서는 아이들이 1시까지 응원석 앞으로 모일 수 있도록 협조 부탁드립니다."

운동장 단상 앞 마이크에서 교무주임 선생님의 안내 멘트가 들려왔다. 산언덕에 자리를 편 숙희 엄마와 친분이 있는 엄마들 몇 분이서 펼쳐 놓은 돗자리 안에 빙 둘러 앉았다. 경애 엄마와 미영이 창수 엄마, 창수 할머니도 함께했다. 경희와 미희도 자리를 찾아 앉았다. 숙희와 경희는 오후에 100m 계주가 있는 반면 언니 미희는 오전에 달리기를 했다. 무표정한 얼굴로 고개를 숙인 채 아무런 말 없이 김밥을 먹었다. 숙희 엄마도 짐작한 듯 애써 물어보지 않았다. 아이들은 세상에서 가장 맛있는 엄마표 김밥을 게눈 감추듯 입안으로 밀어 넣었다. 집집마다 준비한 김밥에 삶은 달걀, 찐 밤, 과일, 음료수 등 진수성찬이다.

"경애야! 많이 먹고 힘내서 1등 해. 우리 경애는 작년에도 1등 했잖아, 날 닮아서 애들이 달리기를 잘해!"

밉상 경애 엄마가 자랑을 한다.

"우리 미영이는 매번 4등이에요. 호호호."

미영이처럼 아담하고 애교가 많은 미영이 엄마가 웃으며 말한다.

"그래도 미영인 공부 잘하잖아요."
"우리 창수는 그래도 등수 안에는 들어가는 거 같은데 이번엔 모르겠네, 허허허."

창수 먹는 모습을 흐뭇하게 바라보며 창수할머니 얼굴에 미소가 가득하다. 엄마들의 대화엔 관심 없는 아이들은 몇 푼의 돈을 타내어 운동장 입구에서 파는 달콤하고 부드러운 솜사탕을 사 먹기도 하고 동그란 고무공 모양의 손잡이로 바람을 넣으면 움직이는 신기한 장난감 말을 구경하는 등, 운동장을 헤집고 돌아다녔다. 다른 자리에서 있던 영배와 지영이도 만났다. 영배는 아빠와 교회 사람들 몇몇이 모여 복도에서 점심을 먹었고, 미영이는 은행나무 아래서 친척분들과 같이 밥을 먹었다고 말했다. 오후 경기 시작을 알리는 멘트가 나오고 응원석으로 모여들었다. 오후 경기가 시작됐고 중앙에서는 6학년 언니들의 화려한 부채춤을 보려고 사람들이 몰려들었다. 할머니 할아버지들은 흥에 겨워 어깨를 들썩이며 운동장에 나와 춤을 추기도 했다. 2학년 동생들은 응원석 앞, 100m 계주선에 나와 있었다. 아이들 틈에 세 번째 라인에 서 있는 경희와 저 멀리 도착선에 서 있는 엄마가 눈에 들어왔다. 순간 숙희의 손에도 힘이 들어갔다.

"준비! 탕!" 총소리와 함께 경희가 뛰어나갔다. 숙희는 마음속으로 '경희야, 잘 해!' 외치고 있었다. 5등에서 4등으로 치고 나가는 경희가 보이던 순간 3번째로 달리던 아이가 자기 발에 걸려 개구리처럼 납작 엎어졌다. 달려온 선생님과 부모님이 부축해서 응원석에 앉혔다. 다친 곳이 있는지 아이의 몸 이곳저곳을 확인했다. 아이는 아픈 건지 억울해서인지 울음을 그치지 않았다. 때론 남의 불행이 나의 행복이라고 했던가, 경희는 그 바람에 3등이 됐다. 어느덧 운동회는 마지막을 향해가고 4학년 달리기, 어른들 줄다리기와 박 터트리기가 남았다. 숙희 차례가 되었다. 점심때 경애엄마의 얘기가 귀에 거슬렸다. 그래서 반드시 1등을 하리라 마음먹고 출발선에 섰다. 가슴에서 '쿵쾅쿵쾅' 요동치는 소리가 들려왔다. 두 주먹을 불끈 쥔 채 앞산을 응시했다.

"탕!"

소리와 함께 튕겨져 나간 숙희의 팔과 다리는 전력 질주를 했다. 완주 테이프가 몸에 닿는 순간 엄마의 활짝 웃는 얼굴이 보였다. 상으로 손등에 1등 도장을 찍고 공책 3권을 받았다.

"숙희야! 잘했어."

기뻐하는 엄마에게 공책을 맡기고 자리로 이동했다.

"마지막으로 박 터뜨리기가 있으니 부모님들도 모두 나오세요!"

방송안내 멘트에 아이들과 부모님들이 몰려나왔다. 바닥에 놓인 콩 주머니를 집어 긴 장대에 매달린 둥근 박을 향해 힘껏 던진다.

"아이쿠!" 하하, 호호호."

콩 주머니가 머리 위로 날아와 머리를 비벼가며 웃음꽃이 피어난다. 순간 청군 백군, 박이 열리고 높은 가을 하늘 아래 금빛과 은빛 물결로 반짝였다.

▌ 포도서리

독점 바로 앞에 사는 숙희와 창수는 늘 함께 학교에 간다. 간혹 창수가 이불에 지도를 그려 키를 쓰고 온 날은 뒷길을 돌아 혼자 사라지곤 했다. 할머니는 키를 쓰고 양은 대접을 들고 온 창수에게 대접 안에 소금을 한 줌 덜어주며 "이놈! 다 큰 녀석이 아직도 이불에 오줌을 싸!" 하면서 미소를 지으셨다. 얼굴이 홍당무가 된 창수는 누가 볼세라 줄행랑을 쳤다. 방에서 듣고 있던 숙희도 7살 때 겪어 봐서 그 비참함을 알기에 일부러 나가지 않았다.

"창수야! 학교 가자!"

대문 안으로 들어서자 누렁이가 꼬리를 흔들며 반겨주었다. 창수가 7살 무렵 앞마을 사는 지인 집에서 키우던 강아지라고 했다. 어미젖을 떼기도 전에 온 누렁이는 사람을 잘 따랐다. 창수의 보물 1호는 누렁이라고 했다. 경희는 누렁이가 예쁘다며 우리도 강아지를 사달라고 아버지에게 때를 쓰기도 했다. 하지만 경희를 예뻐하는 아버지가 들은 척도 안 하는 이유가 있었다. 숙희도 어렴풋이 기억이 난다. 지금보다 꽤나 잘 살 때 숙희가 6살 무렵의 일이다. 같은 마을에 살며 가끔 술도 한 잔 기울이며 친하게 지내던 분이 있었다. 어느 날 어미 개가 새끼 강아지 여섯 마리를 낳았으니 한 마리 가져가라고 했다.

이름도 같은 누렁이였다. 누렁이는 영리했고 오빠를 잘 따랐다. 오빠가 학교에서 돌아올 시간이 되면 어김없이 집 앞 언덕 위 벚꽃나무 아래까지 마중을 나갔다. 오빠는 일주일에 한 번 학교 급식으로 나온 빵을 동생들이 아닌 누렁이를 주려고 챙겨오곤 했다. 그렇게 잘 따르던 누렁이를 어느 날 개장수에게 팔았다. 학교에서 돌아와 그 사실을 알게 된 오빠는 처음으로 아버지에게 대들었고 대문 밖으로 쫓겨난 오빠는 분에 못 이겨 담장으로 돌을 던져 장독대의 장독들을 박살을 내고 말았다. 도망간 오빠를 찾기 위해 온 가족이 찾아 나섰고 급기야 할머니는 쓰러질 상황까지 왔었다. 밤이 돼서야 뒷산에서 울다 지쳐 눈물 콧물 범벅이 된 오빠를 찾아냈었다. 그 후로 아버지는 지나가는 개도 안 쳐다보았다.

"어서 와라, 밥은 먹었나?"
"네"

기름이 좔좔 흐르는 흰쌀밥에 생선살을 발라 창수 숟가락 위에 올려 주셨다. 보리밥에 정부미와 나물 반찬 위주인 숙희 집과 대비되는 상위의 반찬들을 물끄러미 바라보았다. 어쩌다 고기나 계란 반찬은 장남인 오빠 상에나 올라갔다.

"숙희야! 독점 할아버지가 그러는데 오늘 독 굽는 날이라고 했어, 이따가 구경하자!"

숙희를 보며 입안에 밥을 물고 얘기하는 창수의 입속에

서 밥알들이 공중으로 튀어 날았다.

"어여, 밥이나 먹고 얘기해." 앉아 있는 창수의 바짓가랑이를 당기며 할머니가 재촉하셨다.
"응, 애들한테 얘기해주자."

등교 길에 영배와 미영이도 만나 같이 보러 가자고 말했다. 독을 구울 때는 가마에 참나무 장작을 넣고 하루종일 불을 지폈다. 아이들은 가마 속에서 활활 타오르는 불구경을 좋아했다. 오전반이라 서둘러 아이들과 집이 아닌 가마터로 향했다. 가마 주위로 빙 둘러 앉은 아이들의 눈엔 호기심이 가득하다. 숙희와 영배, 지영은 가방을 무릎 위에 올려놓고 턱을 괬고, 미영과 철수는 어깨에 맨 채 쪼그리고 앉았다.

"이놈들! 위험하니 멀리 떨어져라."

백발에 긴 머리를 틀어 올린 독점의 주인 할아버지였다. 긴 수염이 가슴까지 내려와 마치 그 모습이 산에서 내려온 도사 같았다. 가마에서 시뻘건 불꽃이 '탁탁' 소리를 내며 활활 타올랐다. 재잘대던 아이들은 끼니도 잊은 채 아무 말 없이 한참 동안을 가마 안만 들여다보았다. 영배의 뱃속에서 '꼬르륵' 소리가 나더니 배고픔도 전염이 되는지 연달아 '꼬르륵' 소리가 들려왔다. 내려다보이는 포도밭에 포도향이 이곳까지 전해지는 듯했다. 숙희는 영배와 철수의 어깨를 '툭' 치며 손가락으로 포도밭을 가리켰다.

"왜?"하며 의아한 표정으로 아이들이 숙희를 바라봤다.
"쉿! 따라와 봐."

숙희는 아이들을 일으켜 세워 포도밭으로 향했다. 도착한 포도밭에는 탐스러운 포도가 가지마다 주렁주렁 달려있었다.

"숙희야, 여긴 왜? 뭐하게?"

미영이가 고개를 갸웃거렸다.

"너희들 배고프지? 포도 따서 먹자?"
"걸리면 어쩌려고? 혼나!" 놀란 토끼 눈으로 지영이가 쳐다보며 말했다.
"그러니까 작전을 짜야지."

아이들은 들고 있던 가방을 포도밭 옆 풀숲에 던져두고 숙희 가방에만 포도를 담기로 했다. 걸릴까봐 걱정됐지만 달콤한 포도 향에 넘어가 대장 숙희의 지휘 아래 움직였다. 지영이와 미영이가 망을 보고 남은 세 명에서 포도를 따기로 했다. 가방을 들고 있던 영배는 포도를 따서 자기 입속으로 넣기에 바빴다.

"야! 그만 먹고 얼른 따서 담아! 같이 먹어야지?" 숙희가 눈을 흘기며 쏘아본다.

"헤헤헤, 알았어." 미안했는지 영배가 머리를 긁적이며 말했다.

가방이 다 채워져 갈 때쯤 창수네 집 누렁이가 연신 짖어 댄다. 평소에는 잘 짖지도 않아 도둑이 와도 반가워 꼬리 흔들어 줄 놈이라며 창수아버지가 얘기했었다. 그런 누렁이가 밥값이라도 하려는 지 오늘따라 생각 없이 짖어댄다.

"이제 그만 따도 될 거 같아, 가방이 꽉 찼어." 영배 말에 잃어 서려는 순간, 미영이와 지영이가 걸음아 날 살려라 하며 달려와 숨을 헐떡인다.

"얘들아, 자전거 타고 누가 이리로 오고 있어."
"빨리들 가방 챙겨, 어서!" 숙희 말에 모두들 가방을 둘러매고 뛰기 시작했다.
"이놈들! 여기서 뭣들 하는 짓이야?"

'걸리버 여행기'에서나 나 올법한 커다란 그림자 하나가 앞에 떡하니 나타났다. 아이들이 가방까지 들고 달리지만, 자전거 타고 달리는 어른을 따돌릴 수는 없었다.

"우리는 이제 죽은 목숨이야. 어떻게 해?" 미영은 금방이라도 울어 댈 거 같았다.

"아저씨! 잘못했어요. 너무 배가 고파서 그만… 죄송해요."

"가만있어 보자. 너는 위 말 사는 최가 아들 아니냐?"

창수를 가리키며 말했다.

"네, 용서해주세요."

"허허허, 팔기도 전에 맛보는 녀석들이 있으니, 다음부턴 얘기들 하고 먹어야지 안 그러면 혼내 줄 테다."

"네."

겁에 질려 오줌이라도 지릴 것 같던 아이들은 안도의 한숨을 쉬었다.

"적당히들 배에 채워가거라."

말하고는 왔던 길로 되돌아 가셨다. 그재서야 굳어 있던 몸이 풀려 풀밭에 털썩 주저 앉았다. 창수 덕에 천만다행이라고 생각했다. 엄밀히 말하자면 창수 아버지 덕이다. 아이들은 허기가 밀려왔는지 포도송이를 하나씩 들고 배를 채웠다. 보랏빛으로 물든 혓바닥을 내밀어 보이고 히죽히죽, 낄낄대며 방금 전, 오줌이라도 지릴 것 같았던 상황을 잊은 채 달콤한 포도의 맛에 취해 있었다. 포도밭 옆으로 '칙칙폭폭 빠아앙' 기차가 하늘 위로 회색 연기를 뿜으며 요란하게 지나갔다.

▌슬프다는 것

들판에 벼가 익어 황금 물결을 이루고 동네 어른들은
가을걷이가 한창이다. 농사를 짓지 않는 숙희 집은 할머
니가 남의 밭일을 도와주고, 콩이며 고구마, 채소 등을
얻어 오시기도 했다. 벼 베는 시기가 오면 아이들은 손
에 망을 들고 메뚜기를 잡으러 들판을 헤집고 다녔다.
어른들은 추수철이면 쥐가 더 기승을 부린다며 집집마
다 쥐덫과 쥐약을 놓았다. 숙희 집도 쥐가 다니는 찬장
옆과 마루 밑에 놓았다. 숙희는 쥐약을 담은 깨진 그릇
안에 검은 쥐가 담겨있는 것을 보고 소스라치게 놀라
괴성을 지르기도 했다.

"아이고, 이놈의 쥐새끼들이 쌀 포대를 갉아 놔서 쌀이
죄다 쏟아졌으니."

숙희 할머니는 찢긴 포대에서 쏟아져 나온 쌀들을 보고
화가 나셨다. 쌀 한 톨도 아까워 보리쌀과 섞어서 밥을
하시는 할머니의 심정이 이해가 됐다. 며칠 후면 돌아오
는 추석에 송편도 빚어야 한다며 속상해하셨다. 밖에서
나는 경운기 소리에 나가보니 논에 가는 아버지를 따라
간다며 철수가 경운기 뒤에 타고 있었다.

"메뚜기 잡으러 가는데 숙희 너도 갈 테야?"

"그래, 가자!"

인심 좋기로 소문난 철수아버지와 누렁이를 안고 있는 철수가 말했다. 어느새 따라 나온 동생 경희가 누렁이를 보자 자기도 가겠다고 떼를 쓴다. 경운기를 탄다는 생각에 신이 난 숙희는 먼저 떼쟁이 경희를 안아 엉덩이를 밀어 태우고 자신도 올라탔다. 경희는 누렁이 앞에 찰싹 붙어 앉아 누렁이를 꼭 끌어안았다. 누렁이도 그런 경희가 싫지 않은지 가만히 응해 주었다. 움푹 패인 길에서는 몸이 떠올랐다 내려오면서 꼬리뼈가 아프기도 했지만 파란 하늘과 가을바람 타고 춤추는 코스모스 길을 볼 수 있어서 마냥 즐거웠다.

"나뭇가지에 새처럼 날아든 솜사탕. 하얀 눈처럼 희고도 깨끗한 솜사탕, 똑딱!"

평소 말이 없던 경희가 신이 났는지 노래를 불러 댔다. 수확 날이 얼마 남지 않은 논에 벼들이 고개를 푹 숙이고 있다. 논둑과 논길을 훑으며 메뚜기를 찾았다. 창수아버지는 메뚜기 잡는 선수라도 되는 듯 양손을 펼쳐 탁탁 쳐가며 잘도 잡는다. 가져온 망 안에 잡힌 메뚜기들이 살기 위해 폴짝댄다. 숙희도 살금살금 다가가 몸을 날려 메뚜기를 낚아챈다.

"야, 숙희도 제법인데?"

창수아버지가 날렵한 숙희를 보고 칭찬하셨다.

"숙희야! 몇 마리 잡았어?"

자신보다 많이 잡고 있는 것아 신경 쓰인 창수가 물어본다.

"20마리, 그런 너는?"하며 창수에게 다가가 망을 들어 창수 얼굴에 들이대며 창수의 망을 바라본다. 창수는 지금껏 뭘 했는지 7마리다. 경희는 애초에 좋아하는 누렁이와 놀 생각에 따라온 터라 메뚜기에는 관심이 없었다. 누렁이와 들길을 뛰어다니며 마냥 행복해 보였다.

"너희들 이제 가야지? 늦었다. 며칠 뒤에 또 와서 잡기로 하고 그만 경운기에 타거라."
"네."

조금 더 잡아서 할머니에게 자랑하고 싶었지만 아쉬움을 뒤로 하고 경희를 불러 경운기에 올라탔다. 집에 돌아온 숙희는 잡은 메뚜기 망을 부엌 벽에 매달아 하루를 두었다. 할머니는 그래야 메뚜기의 똥이 빠져 더 담백하고 고소하다고 했다. 경희는 피곤한지 저녁을 먹자마자 아랫목에 쓰러져 곤히 잠이 들었다. 잠결에 꿈을 꾸는 듯 해죽해죽 웃기도 했다. 다음 날 저녁 아버지가 퇴근하고 오자 할머니는 잡아 온 메뚜기를 식용유에 튀겨 왔다. 소금을 넣고 노릇하게 구워낸 메뚜기 맛은 고소하고 맛있었다. 아버지는 창수아버지를 부르더니 막걸리 두 통을 들고 왔다. 창수아버지는 양이 적다며 어제 잡은 메뚜기를 집에서 들고 왔다.

"허허허, 고소하니 술안주로 딱이네요."

아버지는 술이 들어가자 기분이 좋은지 빨갛게 달아오른 얼굴로 연신 웃어댔다.

"숙희가 제법 잘 잡더라고요, 하하하!" 창수아버지도 술 한 잔에 기분이 좋은 모양이다.

"그러게요, 사내로 태어났으면 좋았을 텐데, 영 계집애 같은 데가 없으니…!" 푸념을 하시듯 말하신다.
"석이 아부지, 술 좀 적당히 드세요!" 아버지의 술버릇이 걱정된 엄마가 한 소리했다.
"이놈의 여편네가 어디서 잔소리야?"

이제 슬슬 술기운이 올라오는지 엄마에게 쏘아붙였다. 분위기가 심상치 않자 눈치 빠른 창수아버지가 집에 가봐야 한다며 일어났다. 혼자 남은 아버지는 화가 난 듯 엄마를 노려봤다.

"이 무식한 여편네가 어디서 하늘 같은 서방한테 잔소리야! 어? 낫 놓고 기역 자도 모르는 팔푼이가!"
"그래요. 당신 혼자 잘났으니 그만합시다."
"이 년이, 어디서"

순간 술상을 들더니 부엌 바닥으로 내팽개쳤다. '쨍그랑' 소리와 함께 술상이 엎어지고 말았다. 말려봐야 소용없다는 할머니는 석이방으로 자리를 피했다. 엄마는 딸들이 있는 할머니 방으로 와 이불을 뒤집어쓰고 누웠다. 숙희는 이불의 떨림으로 엄마가 소리 없이 우신다는 것을 눈치챌 수 있었다. 시간이 흐르자 아버지는 코를 골며 방안에 널브러져 잠이 들었다. 밤새 숙희는 자기 탓인 것 같아 다시는 메뚜기를 잡아 오지 않겠다고 다짐했다. 달그락 소리에 새벽부터 눈을 떴다. 어제 한바탕 난리가 지나고 엄마는 아무렇지도 않다는 듯 부엌일을 했다. 달그락 거리는 부엌에서 고소한 참기름 냄새가 진동을 한다. 설악산으로 수학여행을 떠나는 오빠의 김밥을 싸기 위해 숙희의 엄마가 부엌에서 분주하다. 세 자매는 김밥을 싸는 엄마 옆에 빙 둘러 앉아 김밥 꼭다리라도 먹으려고 김밥을 썰고 있는 엄마의 손만 뚫어져라 바라본다.

"오빠 먹고 가야 하니까 그만들 먹고 학교 갈 준비들 해." 기껏 김밥 꼭다리 몇 개 먹었는데 오빠만 챙기는 것 같아 서운했다.

"작은 언니! 오늘은 언니랑 학교 같이 갈래."

걸음이 느리기도 하고 매번 혼자 다니는 경희가 안돼 보였는데 귀찮은 생각이 들었다. 그래도 경희 손을 잡고 창수네 집으로 간다.

"창수야! 학교 가자!"
"으흐흑, 아앙."

마루에 걸터앉은 창수가 양 소매로 눈물을 훔치며 서럽게 울고 있다.

"할머니! 창수가 왜 그래요?"
"글쎄, 누렁이가 죽었다고 저러는 구나."

그러고 보니 숙희와 경희를 보면 반가워 꼬리를 흔들던 누렁이가 보이질 않았다.

"어쩌다가요? 왜 죽었어요?"
"어디서 돌아다니다 쥐약을 먹었는지 입에 거품을 물고 갔구나, 불쌍한 것."

옆에 서있던 경희도 흐느끼며 울었다. "누렁이 보려고 왔는데 그럼 이제 누렁이 못 보는 거야…!, 아앙" 양쪽에서 울어대는 바람에 머리가 어지러웠다. 창수는 학교에 안 간다며 떼를 썼고, 결국 경희만 달래서 숙희만 한 경희를 업어서 학교에 갔다. 숙희도 머릿속이 하얗게 돼서 교실 창문 넘어 앞산만 바라보다 돌아왔다. 창수가 걱정이 된 숙이는 창수를 보러 갔지만 만날 수가 없었다. 누렁이는 창수아버지가 야산에 묻었고, 포대에 담겨 경운기에 실려 가는 누렁이를 살려내라며 울다 지쳐 쓰러져 잠이 들었다고 창수할머니가 얘기해주었다. 며칠 동안 창수는 아파서 학교도 결석했고, 하루 종일 밖으로 나오지도 않았다. 동생 경희도 밤새도록 열이나 학교에 가지 못했다.

▌장손

추석이 며칠 앞으로 다가왔다. 읍내 방앗간에는 송편을 빚을 쌀을 빻기 위해 길게 줄을 섰다.

"어멈아! 우리도 음식들을 미리 준비해야 되지 않겠냐?"
"네, 내일 5일장에 다녀올 게요."

학교에서 돌아온 숙희와 경희는 엄마를 따라 장에 갔다. 명절 밑이라 사람들로 붐비는 시장 안은 볼거리와 먹을거리가 가득했다. 여기 저기 흥정하는 사람들과 한 푼이라도 더 깎으려는 사람들로 때론 고성도 오갔다. 뻥튀기를 튀기려고 콩이며 옥수수, 쌀이 담긴 자루를 들고 길게 줄을 서 있는 사람들도 보였다. 숙희의 엄마도 검은콩과 흰쌀을 한 되씩, 담아 순서를 기다렸다. 아이들은 귀를 틀어막고 뻥튀기 기계 앞에 빙 둘러 서있다. 다 달궈진 기계통 안의 쌀알들이 "뻥!"하며 굉음을 낸다. 소리와 함께 투명한 자루가 부풀어 오르더니 튀밥들이 터져 나온다. 인심 좋은 어른들은 아이들 손에 튀밥 한 줌씩, 쥐여 준다. 숙희의 엄마도 튀겨진 쌀과 콩을 자루에 담아들고 옷 가게 안으로 들어갔다. 오빠의 니트 가디건과 청바지, 언니의 노란색 원피스도 장만했다. 매번 언니에게 옷을 물려 입는 숙희와 동생 경희는 기대조차 하지 않았다. 그저 노릇하게 구어 낸 풀빵이라도 얻어먹기를 바랄 뿐이었다. 장 이곳저곳을 다니며 차례상에 올릴 제수 용품 등도 구매해서 장바구니 두개에 나눠 담았다. 숙희 엄마는 가던 길을 멈춰 서더니 갑자기 숙희의 팔을 잡아당겼다. 그리고는 좌판에 놓인 옷을 골라 숙희 몸에 연신 대 보았다. 한참을 고르더니 멜빵이 달린 빨간색과 초록색 치마를 골랐다. 치맛단 아래 꽃 자수 무늬가 있는 치마였다.

"싸울까 봐 하나씩 샀으니 사이좋게 입고 다녀." 하시는 것이었다. 살다 보니 이런 날도 오는구나! 숙희는 만세라도 부르고 싶었다. 마음속으로 추석날이 빨리 오기를 기다렸다.

그렇게 손꼽아 기다리던 추석날이 하루 앞으로 다가왔다. 음식 장만으로 삼일 밤낮이 분주했고, 고사리 같은 아이들에 손도 빌려야 했다. 방앗간에서 빻아 온 쌀가루를 익반죽해 깨와, 검은콩을 넣어 송편을 빚었다. 예로부터 송편을 예쁘게 빚으면 예쁜 딸을 낳는다는 속담이 있다. 그래서인지 예쁘게 모양내는 것에도 정성을 다했다. 다 만들어진 송편들을 커다란 찜 솥에 솔잎을 깔고 쪄냈다. 뒤뜰에 놓인 가마솥에는 하루 종일 장작불을 짚여 엿을 고았다. 장날 튀겨 온 쌀과 검은콩으로 강정을 만들기 위해서다. 방안에 넓은 비닐을 깔고 그 위에 튀밥을 뿌려 엿물을 식기 전에 부었다. 그리고 다 굳어진 강정을 먹기 좋게 자른다. 그 새를 못 참고 아이들은 자

투리 강정과 튀밥을 주어 입속으로 쑤셔 넣기도 했다. 할머니를 도와 숙희와 언니 미희는 동태전과 호박전 등의 대 여섯 가지 전을 붙였다. 소머리도 삶아 실고추를 얹어 편육을 만들고, 잡채와 식혜도 미리 만들어 준비했다. 추석 전날, 밤이 돼 서야 서울에 사는 둘째, 셋째 작은아버지와 작은어머니 그리고 사우디로 일하러 가신 넷째 작은아버지 대신 작은 어머니와 사촌들까지 온 집안이 사람들로 북적인다. 할머니는 기분이 좋으신지 오늘따라 목소리에 힘이 들어가신다.

"어멈아! 상 좀 차려 내와라, 아 휴, 오느라 얼마나 고생들을 했을까?"

작은 엄마들은 엉덩이를 방바닥에 붙이고 앉아 며칠을 고생한 큰형님의 고충을 안는지 모르는지 차려내 온 상 앞에 둘러앉아 먹기 바쁘다. 거기다 먹는 것도 모자라 집에 갈 때 음식들을 바리바리 싸서 가느라 바쁘다. 그런 작은 엄마들을 볼 때면 작은 엄마들도 밉지만, 할머니의 태도도 이해가 안 됐다.

"형님, 음식들이 너무 맛있어요."
"우리 형님 음식 솜씨는 알아줘야 한다니까! 호호호!"

숙희의 엄마는 전라도 목포에서 태어났다. 위로 오빠 둘에 막내딸이지만 친정어머니가 경희 나이 때에 염병을

앓다 돌아가서 어릴 적부터 집안일을 했다고 한다. 그래서 인지 생활력도 강하고 음식 솜씨 좋기로 주위에 소문이 날 정도였다. 다만, 국민학교도 다니다 말았기에 고등학교까지 나온 숙희아버지는 무식한 여편네라며 늘 무시하기 일쑤였다. 집안 형편 때문에 사귀던 공무원 아가씨가 떠나고 방황을 하다 중매로 숙희의 엄마를 만났다고 한다. 사랑 없이 한 결혼이라 늘 엄마에게 퉁명스럽게 대했다. 어른들은 안방에서 늦은 시간까지 담소를 나누고, 아이들은 오빠 석이 방으로 건너가 중학생들은 장기와 오목을 두고 숙희와 동생들은 구슬을 손안에 넣고 알아맞히는 홀짝 놀이를 하며 시간을 보냈다. 다음 날 아침 숙희는 새 옷을 입을 수 있어서 신이 났다. 밤새 벽에 걸려 있는 새 옷을 입을 생각에 뜬눈으로 밤을 새운 숙희였다. 숙희 아버지가 무릎을 꿇고 향불을 피워 꽂고 술을 올리면 써 놓은 지방(나무로 된 위폐)을 향해 어른들이 절을 하면 뒤에 서 있는 아이들도 따라서 절을 했다. 차례상이 물려지고 아침 식사 후 김포에 위치한 종중산에 모셔진 할아버지 산소에 들러 각자의 집으로 돌아갔다. 산에서 돌아온 숙희는 불이 났게 미영이 집으로 달려갔다.

"숙희 왔구나"
"안녕하세요!"
"떡 좀 줄까?"
"아니요, 많이 먹고 왔어요."

새로 산 멜빵 치마를 미영이에게 보여주고 싶었던 숙희는 먹을 것이 눈에 들어올 리 없었다. 숙희의 목소리에 미영이 역시 못 보던 핑크색 원피스를 입고 방에서 나왔다. 숙희는 미영이 앞에서 치맛자락을 양손으로 잡고 빙그르르 한 바퀴를 돌아 보였다.

"숙희야! 너도 치마 샀어?"
"응, 엄마가 장날에 사 주셨어."

숙희는 미영이집에서 지영이 집으로 또 영배집으로 이곳저곳 마을을 누비며 다녔다. 구름 위를 날 듯 나풀나풀 깡충깡충 치맛자락을 날리며 뛰어다녔다. 저녁 무렵에 석이 오빠의 단짝 친구인 경태와 기철이가 놀러 왔다. 명절음식들을 오빠 석이 방에 차려 내었다. 놀다가 자고 간다고 했다. 코 밑에는 거뭇거뭇 솜털이 올라오고 있는 석이는 요즘 혼자 있는 시간을 좋아하고 동생들이 방문을 열면 이유 없이 벌컥 화내 내기도 해서 오빠 방에는 대도록 가지 않으려 했다.

"숙희야! 오빠들 과일 좀 가져다주고 와."

낯가림이 심한 미희와 아직은 어린 동생 때문에 항상 심부름은 숙희의 몫이 되곤 한다. 어쩔 수 없이 내키지 않는 발걸음으로 집에 맨 끝 방 오빠에게 과일 갖다 주었다.

"똑! 똑!" 문을 두드리자 할머니의 쌈지돈을 타내서 장만한 기타, 평소 잘 치지도 않던 기타 줄을 튕기고 있는 석이 앞에 앉아 있는 경태와 기철이 손을 흔든다.

"숙희는 누구 닮은 거지? 너희 셋 중에 숙희는 잘 안 닮은 것 같아."

별명이 안경인 눈썹이 유난히 짙은 경태 오빠가 궁금하다는 듯 물었다. 석이는 평소에 이름 대신 별명인 여우라고 부르곤 했다. 석이는 동생들 중 유난히 고집도 쎄고 지기 싫어하는 숙희를 못 마땅히 여겨 놀려대곤 했다. 그런 오빠를 숙희도 싫어하긴 마찬가지였다. 할머니는 돈이 필요할 때면 잘 사는 작은 집들을 한 바퀴 돌아서 오곤 했다. 두둑해진 쌈지돈은 손자가 원하는 대로 다 해주었다. 마치 요술주머니에서 돈이 나오듯 손자를 위해 쓰여 졌다. 숙희는 집에서 먹는 것 사용하는 것 모든 것이 오빠 위주로 이루어졌고 오빠 밖에 모르는 것 같은 집 분위가 싫었다.

"숙희여우? 다리 밑에서 주워 왔대. 하하하!" 빈정대듯 놀리며 석이가 말했다.
과일만 주고 가려다 오빠 말에 화가 난 숙희는,

"넌 오빠도 아냐! 기타도 못 치면서." 하며 쟁반을 바닥에 내팽개쳤다.

밖에서 파를 다듬고 있던 할머니는 "이놈의 계집애가 오빠한테 뭐 하는 짓이야?" 하며 팔을 잡아 안방으로 끌고 들어갔다.

"버르장머리 없이 오빠한테 뭐 하는 짓거리야?"

"오빠가 먼저 놀렸는데, 나한테만 그래요?"

"그래도 잘했다고 어디서 말대답이야?"

"할머니 엄마는 오빠밖에 모르지? 정말 난 다리에서 주워 왔어요?" 설움이 북받쳐서 숙희는 따지듯 물었다. 옆에서 듣고 있던 아버지는 밖으로 나가 회초리를 구해서 들고 들어왔다.

"이놈의 기지배, 버릇없이 할머니에게 대드는 거야! 일어서!"

계속 고집부리고 앉아 있는 숙희를 보고 혼을 내주라며 할머니는 자리를 피했고, 아버지는 구해 온 막대기로 닥치는 대로 때리기 시작했다. 숙희는 억울한 생각에 이를 악물고 눈물을 보이지 않았다.

"얼른 잘 못 했다고 해." 뛰어 들어온 엄마는 가슴을 치며 연신 말했다. 아무리 생각해도 잘못한 게 없다고 생각한 숙희는 맞아서 아프기보다 마음이 더 아팠다.

"아이구, 이 독한 기지배"하며 숙희 아버지는 갖고 있던 막대기를 문밖으로 세차게 내치며 말했다.

"왜? 도망이라도 못 가? 그러니까 항상 더 많이 맞지? 내 속으로 낳았지만, 어찌 그리 유별나?"

엄마는 숙희의 몸을 살피며 피멍이 든 어깨와 허벅지를 적셔온 수건으로 꾹꾹 눌러 열을 식혀주었다. 그때서야 닭똥 같은 눈물이 목을 타고 흘러내렸다. 숙희는 자신의 모습을 누구에도 보이고 싶지 않아 집을 나와 독점 안으로 들어갔다. 한구석에 쭈그리고 앉아 '엉엉' 소리 내어 울었다. 독점 안은 숙희의 울음소리가 메아리 되어 울렸다. 숙희는 혹시 내 부모님이 맞는지, 아니면 정말 오빠 말처럼 주워 온 딸인 건지 궁금했다. 실컷 울고 나니 속이 후련했다. 밖의 하늘에 달과 별이 환하게 비추며 숙희를 달래주는 듯했다.

▌기나긴 겨울

낙엽은 지고 찬바람이 불어와 겨울옷으로 꺼내 입었다. 집집마다 겨우살이 준비가 시작됐다. 그 중 가장 중요한 먹거리 김장을 하기 위해 마을 아주머니들은 서로 품앗이(힘든 일을 서로 거들어 주면서 품을 지고 갚고 하는 일)를 했다. 리어카에 배추와 무를 실어 나르고, 장독대에 독들도 미리 씻어서 준비했다. 아이들은 일주일이면 시작되는 겨울방학에 들떠있었다. 학교 가는 길에 첫눈이 내리더니 어느새 소복이 쌓여 마을이 마치 새하얀 눈의 세상이 되었다. 아이들은 마을에서 제일 높은 곳에 사는 숙희와 철수 집 대문 앞으로 모였다. 집 옆으로 길게 밭과 논으로 이어지는 비탈길에 비료포대를 들고 하나 둘 모였다. 영배는 비료포대 대신 썰매를 들고 나왔다. 아버지가 새로 만들어 주었다며 자랑 질을 해 댔다. 아이들은 줄을 서서 한 명씩 비탈길 아래로 돌진했다.

"와! 신난다. 하하하." 신이 난 숙희가 발끝에 힘을 주며 뱅그르르 돌며 내려온다.
"우와! 호호호." 이어서 미영이가 하늘을 향해 소리친다.

그렇게 자랑하던 영배의 썰매는 눈에 박혀 움직이질 않는다. 결국 다음 얼음판에서 써먹기로 하고, 숙희의 포대를 빌려 탔다. 철수는 묘기라도 부리듯 포대에 배를 깔고 누워 "자, 얘들아! 나 좀 봐 내려간다."

누구보다도 빠르게 내려오던 철수가 눈 쌓인 자기 집 밭으로 거꾸로 쳐 박혀 머리가 반쯤 눈 속에 파묻혔다. 그 모습을 보던 아이들은 배를 잡고 웃는다. 머리에 하얀 눈을 쓴 철수도 일어나며 깔깔대고 웃어댄다. 아이들은 숙희의 집 담벼락에 쌓인 연탄재에 눈을 굴려 눈사람도 만들었다. 눈사람 눈은 돌을 주어서 꾹 눌러 만들고 코와 입은 나뭇가지를 꺾어서 만들었다. 해가 지는 줄도 모르고 아이들은 마냥 신바람이 났다. 바짓가랑이가 눈에 젖어 오줌 싼 것처럼 축축해도 아랑곳하지 않고 빨갛게 언 코에 콧물이 흘러도 아이들 얼굴에는 웃음꽃이 만발했다.

"언니! 할머니가 그만 놀고 들어 오래, 늦으면 밥 없대."

경희가 내려와 재촉하는 바람에 아이들은 각자 집으로 돌아갔다. 낮에 너무 신나게 놀아서인지 자면서 꿈인지 생신지 몽롱한 기운이 돌았다. 쿵쾅쿵쾅, 아니고 아이고! 이를 어째, 와자지껄 환청이 들리는 듯했다. 누군지 모르지만 들쳐 업고 마당으로 나가 장독대 위에 눕혔다. 오빠와 언니도 널브러져 있었다. 엄마는 독에서 동치미 국물을 대접에 퍼서 연신 입으로 밀어 넣었다. 아침이 되자 정신이 들어 연탄가스를 마시고 이승과 저승 사이를 오갔다는 사실을 알았다. 안방에서 잔 부모님과 경희와 작은아버지 댁에 간 할머니는 불행 중 다행으로 화를 면할 수 있었다. 할머니는 돌아오셔서 소식을 듣고 하나뿐인 손자를 잃을 뻔했다며 개탄을 했고 사람을 불러 연탄아궁이를 수리했다. 연탄가스 사건이 지나가고 처마 밑 고드름이 수정처럼 빛나고, 마당 한가운데 빨랫줄에 걸린 옷가지들이 황태처럼 녹았다 얼었다 반복하며 매달려 있다. 할머니는 작은 집에 있는 짤순이(빨래를 짜주는 전자제품)를 보고 오셔서 좋아 보였는지 아버지와 읍내에 나가 자전거에 싣고 오셨다. 버튼을 누르면 '탈탈' 소리를 내며 물에 젖은 빨래들을 짜주었다. 볼수록 신기했다. 숙희 집 보물 1호는 양쪽 문이 달린 흑백텔레비전이고 보물 2호는 짤순이가 됐다. 할머니는 세상 참 좋아졌다며 이제 빨래 말리는 걱정을 덜었다며 좋아하셨다.

방학이 되자 놀 시간이 많아진 아이들은 하나 둘 독점으로 모였다. 숙희와 아이들은 커다랗게 그린 네모 안에 돌을 주어 땅 따먹기를 하고 놀았다. 아래 마을 사는 경희 친구 현철이가 엄마와 함께 철수네 집에 놀러 왔다. 철수 엄마와는 언니 동생 하며 친한 사이였다. 농사를 짓는 철수와 현철이네 집은 겨울이라 한가하다며 자주 마실을 다녔다. 현철이는 경희와 놀려고 독점 안으로 따라 들어왔다. 한켠에 자리를 잡고 소꿉놀이를 하는지 깨진 독 잔여물을 주워서 흙으로 밥을 짓고 돌로 반찬을 만들어 놀이를 한다.

"여보 배고파 밥 차려와!"
"네, 조금만 기다리세요."

경희는 깨진 독 조각에 돌과 흙을 담고 현철이 앞에 내민다.

"냠냠, 왜 이렇게 짜! 물 가져와!"
"나, 안 해!"

골이 난 경희가 양손을 겨드랑이에 끼고 뒤돌아선다. 그 광경을 지켜보던 아이들이 배를 잡고 웃었다.

"야, 쟤 네들 뭐 하는 거야? 하하하, 호호!"

현철이와 경희는 창피한지 집으로 뛰어 들어갔다.

땅따먹기에 이어 숨바꼭질을 하기로 했다. 술래인 미영이가 뒤돌아 황토 기둥에 대고 "꼭꼭 숨어라 머리카락 보일라, 꼭꼭 숨어라 머리카락 보일라 숨었냐?"를 외친다.

"그럼, 찾는다?"

아이들은 재빨리 굽기 위해 만들어 둔 항아리 뒤와 사이, 그리고 독을 굽는 화로 속으로 들어가 숨는다. 미영이가 살금살금 다가올 때면 재빨리 뛰어나가 먼저 기둥을 쳐야 한다. 장독 뒤에 숨어있던 지영이가 신발이 벗겨지는 바람에 느린 미영이가 달려가 기둥을 치며 "찾았다"를 외쳤다. 숨을 헐떡이며 영배 창수 숙희까지 미영이를 제치고 "야호!"를 외쳤다. 술래가 된 지영이가 잠시 머뭇대더니 할 말이 있는 듯 보였다.

"애들아! 우리 집 이사 간대."
"정말이야? 언제? 어디로 가는데?"
"전라도 고흥이래, 다음 주, 엄마가 그러셨어."
"그럼, 이제 우리 못 보는 거야?"

서운한지 창수가 연신 물어본다. 아이들은 그곳이 어딘지 알지도 못하는 곳이라 멀고도 먼 지구 밖의 세상처럼 느껴졌다. 잠시 독점 안에 침묵이 흐르고 같은 반 창수는 슬픈 표정을 지었다.

"창수 어떡해, 지영이가 가면 창수가…!" 영배가 말을 하려 하자 창수는 영배에 입을 두 손으로 틀어막았다.

"너, 그만해." 하며 빨갛게 달아오른 귀를 하고 주먹으로 영배의 배를 갈긴다.
"이사 가도 우리 잊어버리면 안 돼!" 미영이가 슬픈 표정으로 얘기한다.

"응, 외할머니 보러 오면 너희들 보러 올게."

지영이 엄마는 지영이 아빠와 만나 외할머니가 사는 이 곳에 터를 잡고 살았다. 예비군 대장인 지영이 아버지는 전라도로 발령을 받고 가는 거라고 했다. 남동생 하나에 첫째 딸인 지영이는 언제나 예쁘게 말하는 착한 아이였다. 그런 지영이를 앞으로 볼 수 없게 된다는 사실에 마음이 먹먹했다. 그래도 언제가 될 지 모르지만 할머니 보러 오는 날에는 볼 수 있다는 말에 조금은 위로가 됐다.

"너희들 손들 모아 봐, 우리 맹세를 하는 거야."

숙희는 아이들의 손을 끌어 서로 포개게 했다. 아이들은 고개를 갸웃 하더니 손을 모아 빙 둘러 앉았다.

"언제 어디서나 우리들의 우정은 영원히 변치 않는 거야, 알았지?"
"알았어, 대장!" 아이들에 얼굴에는 환한 미소가 흐른다.

1월 가장 추운 날 지영이는 전라도로 이사를 떠나고 얼마 후 눈이 세차게 쏟아져 내렸다. 인생은 헤어짐과 만남의 연속이라는 말처럼 지영이가 가고 얼마 후 창수 집에 새 식구가 왔다. 눈처럼 하얀 털을 가진 진돗개 새끼였다. 누렁이가 떠나고 다시는 강아지를 기르지 않겠다던 창수 아버지가 장날에 눈에 들어오는 녀석이 있어 자전거 뒤에 싣고 오셨다고 한다. 이름은 눈처럼 희고 귀여워 백구라고 했다. 지영이도 떠나 우울했던 창수는 백구를 보는 재미에 푹 빠져 있었다. 경희도 창수 집 문턱이 닳도록 백구를 보려고 드나들었다. 동네 아이들도 어린 백구를 좋아 했다. 아침 일찍 미영이와 영배가 백구를 보러 왔다. 영배는 아버지가 만들어 준 썰매를 타고 싶어 안달이 났는지 들쳐 매고 올라왔다. 창수 집 대문을 열고 들어서자 마루 아래 상자에 백구가 담요 위에 웅크리고 있었다. 아이들 소리가 나자 일어나 꼬리를 흔든다. 누렁이처럼 순한 강아지로 보였다. 미영이가 털을 쓰다듬자 백구는 미영이의 손을 핥았다. "아이 간지러워, 호호호 예뻐라." 말하는 미영이의 찡그린 코가 귀여웠다.

"영배가 썰매도 가지고 왔으니까 논으로 썰매 타러 가자!" 말하고 숙희는 오빠의 썰매를 가지고 나왔다. 창수도 마루 밑에서 썰매와 꼬챙이를 챙겼다. 아이들은 썰매를 들고 창수 아버지 밭 아래 논으로 내려갔다.

"미영아! 너는 내 썰매 태워 줄게" 영배가 실실대며 너스레를 떤다.
꽁꽁 언 바닥을 달리며 "하하, 호호!" 영배는 미영이를 태우고 낑낑대면서도 얼굴에는 웃음이 가득하다.

"창수야! 우리 시합하자, 저기 끝까지 갔다가 돌아오는
거야?"
"좋았어!" 창수는 눈에 힘을 주고 논 끝을 응시했다.
"준비, 시작!" 숙희와 창수는 힘차게 꼬챙이를 찍어 밀
고 나간다.

"잘해라! 숙희 이겨라! 창수 이겨라!"

미영이와 영배는 번갈아 이름을 불러가며 응원을 한다.
숙희가 앞서가다 벼를 베서 튀어나온 부분에 걸려 고꾸
라지면서 엉덩방아를 찧고 말았다.

"숙희야! 괜찮아!"

영배와 미영이가 걱정돼서 달려왔다.
숙희는 아픈 것 보다 다 이긴 승부에 넘어진 것이 화가
났다.

"다시, 다시 한번 더 하자."

창수는 숙희의 성격을 알기에 한 번 더 받아 주기로 했
다. 결과는 숙희의 승. 숙희는 왜 그렇게 이기는 것에
집착하는 자기 자신도 때로는 궁금했다.

거짓말

올 겨울은 유난히 춥다며 숙희 할머니는 없는 살림에 겨울을 보낼 걱정을 했다. 창고에 쌓아둔 연탄을 겨우내 때야 한다며 연탄구멍을 활짝 열어 두지 못하게 하셨다. 겨우 추위만 면하게 연탄불을 조절했다. '후' 불면 입김이 서렸다. 맨 윗목에 자는 숙희는 얼굴이 시려 두꺼운 솜이불을 겨우 눈만 내놓고 뒤집어썼다. 숙희 엄마는 식당에 다니며 남는 음식을 챙겨오기도 하고 간간히 아이들 군것질 거리를 사오기도 했다. 그래서 숙희와 경희는 혹시나 하는 마음에 기대를 하며 가끔 기차역에 마중을 나가기도 했다. 차 시간에 맞춰 나가도 가끔 일하다 그 다음 차편으로 올 때가 있어서 추위를 피해 역사 안에서 벽에 걸린 시계만 바라보았다. 역사 안에는 기차를 타려고 기다리는 승객들과 숙희처럼 마중 나온 사람들 혹은 떠나는 사람을 배웅 나온 사람 등 다양했다. 역사 중앙에 작은 조개탄 난로 주위에 추위를 녹이려는 어른들 사이를 비집고 들어가기엔 힘든 일이다. 숙희와 경희는 의자에 앉아 두 손을 호호 불다가 때론, 일어나 깡충깡충 뛰기도 했다. 밀려 나오는 인파속에 엄마의 모습이 보이질 않을 때면 실망을 하기도 했다.

"언니, 추워 이번에도 엄마가 늦나 봐?" 실망한 얼굴이 역력하다.

"다음 차로 올 거야, 조금만 참아." 숙희도 실망하긴 매한가지지만 애써 동생을 달래 본다. 내색하진 않았지만, 속으로 괜히 나왔나 하는 자책마저 들었다.

"배고파!" 하며 경희의 눈은 유리문 넘어 좌판에 놓인 눈깔사탕을 파는 사탕 통에 가 있었다. 하루 종일 입에 물고 녹여 먹을 수 있는 달콤한 왕 사탕이다. 가끔 엄마가 사다 주셔서 그 맛을 알고 있었다. 주인은 자리를 비우고 어디를 갔는지 보이질 않았다. 연탄화로에 구운밤들과 뻥튀기 과자 봉지들, 그리고 사탕 통들만이 놓여있었다.

"경희야! 언니 화장실 갔다 올 게, 꼼짝 말고 여기에 앉아 있어."
"응, 빨리 와야 돼."

화장실이 급해 잠시 있으라며 당부하고 화장실 앞에 줄을 섰다. 차 시간이 되면 화장실도 사람들로 만원이다. '땡! 땡!' 기차가 온다는 신호음 소리가 들렸다. 급하게 나가려는 순간 여자아이의 울음소리가 들렸다. 좌판 앞에 할머니 한 분과 울고 있는 경희였다.

"경희야! 왜 그래?" 아무 대답 없이 울기만 하는 경희에게 다그쳐 물었다.
"어린 기지배가 벌써 도둑질이야?"
"내 동생한테 왜 그러세요?"

"애가 너 동생이야?
"그런데 왜 그러세요?"

숙희는 순간 자신이 예측한 일이 아니길 바라며 물었다. 그 사이 사람들 틈 사이로 엄마가 보였다. 순간 안도와 걱정이 앞섰다. 엄마는 우리를 한 눈에 알아보고 뛰어왔다.

"왜, 무슨 일이야? 아주머니, 우리 애들인데 왜 그러세요?" 엄마가 놀라서 물었다.
"이 어린 것이 개시도 못했는데 화장실 다녀온 틈에 사탕에 손을 댔어요."
"얼만 데요?"
"사탕 두 개니까 10원이네"
"아니요, 그 한 통 다요?"
"이걸 다?" 놀란 눈을 치켜뜨며 엄마를 쳐다보았다.
"네, 안 그래도 아이들에게 사탕 사준다고 나오라고 했거든요. 내가 늦는 바람에 그 새를 못 참고 꺼냈나 봐요."
"아, 그… 그래요…!"

엄마는 지갑에 있는 돈을 다 꺼내서 계산하고 경희 손을 잡고 집으로 향해 걸어갔다. 경희는 잘 못을 아는지, 아니면 혼날까 봐 두려워서 인지 닭 똥 같은 눈물만 연신 옷소매로 닦았다. 집 대문 앞에 도착해서야 엄마가 입을 열었다.

"이 추운 날 경희까지 데리고 뭐 하러 나왔어? 동생 하나도 제대로 못 챙기고!"
"가만히 앉아 있으라고 얘기했는데……."

숙희는 억울했다. 엄마의 말에 숙희는 화장실만 안 갔어도 이런 일은 없었을 텐데 하는 자책감도 들었다. 엄마는 집에 도착해서 한 마디도 하지 않았다. 숙희는 이불을 머리까지 덮고 생각에 잠겼다. 새벽까지 잠이 오지 않았다. 오늘 엄마의 거짓말하는 모습을 처음 보고 많은 생각이 들었다. 다음 날 언제 그런 일이 있었냐는 듯 생각 없는 경희는 사탕 통에 가득 담긴 달콤한 왕사탕을 보며 신이 났다. 어찌 됐건 경희 덕에 숙희도 며칠 동안 원 없이 입안에 물고 다녔다.

마당에 놓인 세수대야의 물이 꽁꽁 얼만큼 추운 날씨다. 할머니가 마실 간 사이 숙희와 경희는 안방에 담요를 덮고 아랫목을 차지했다. 옆에 앉아 있는 경희의 뽀얀 얼굴과 초롱초롱한 눈망울이 반짝거렸다. 모처럼 쉬는 날인 엄마는 뒤뜰로 나가 가마솥 군불을 지펴 고구마를 구워서 소쿠리에 담아왔다. 작은방에 있던 미희 언니가 특히 좋아하는 군고구마다. 언니는 호호 불어가며 동치미 국물과 김치를 돌돌 싸서 맛있게 먹었다. 평소 친구 하나 없는 언니가 답답하다고 생각했지만 동생들의 머리를 예쁘게 묶어 줄 때면 손재주가 좋다는 생각이 들곤 했다. 겨울은 하루가 길기만 하다. 숙희는 집 앞 대문을 나와 멀리 보이는 들녘을 바라보았다. 하얗게 눈이 쌓인 고즈넉한 들녘 너머 희미하게 한강이 보인다. 설경 위를 한 무리 오리 떼들이 모여들었다. 가을 추수에 떨어진 나락들을 먹으려는 것인지 분주하다. 한참을 신기하게 바라보던 숙희는 창수 집에서 요란하게 짖어대는 백구의 소리에 대문을 열고 들어갔다. 백구는 창수와 엄마 따라 놀러 왔다는 현철이 주위를 돌며 깡충깡충 앞발을 들어가며 재롱을 부렸다. 방에선 한바탕 엄마들의 웃음소리도 들렸다.

"숙희야! 백구가 이제 점프도 한다. 봐!"

숙희의 눈엔 그저 여느 강아지처럼 뛰는 것으로 보일 뿐인데 창수 눈엔 콩깍지라도 씐 모양이다.

"우리 밖에 나가 놀자?"
"나도 데리고 가." 현철이가 혼자 있기 싫다는 표정으로 말했다.
"그래!"
장갑과 모자를 챙겨 나오는 현철이에게,

"조금 있다가 집에 가야 하니까 너무 늦으면 안 돼!"하며 방문을 열고는 창수와 숙희도 듣게 큰소리로 현철이 엄마가 당부했다.

"네, 그럴게요." 대답하고 대문을 나서자 귀가 밝은 경희가 백구 짖는 소리를 듣고 어느새 귀마개까지 하고 나섰다. 우리들 앞에 꼬리를 흔들며 백구가 뛰어간다. 물 만난 고기처럼 깡충깡충 신이 났다. 백구가 눈인지 눈이 백구인지 모르게 하얗게 빛났다. 눈 속에 파묻힌 짧은 다리로 언덕을 잘도 뛰어내려간다. 창수 집 밭 귀퉁이에 농기구와 볏단을 쌓아 둔 창고가 하나 있다. 아이들이 놀다가 추위를 잊으려 쉬어 가기도 하는 곳이다.

"너무 추우니까 오늘은 이 안에서 놀자!" 옷을 얇게 입고 나온 숙희가 말했다.
"그래, 좋아!"
창수가 푹신한 볏짚 위에 올라가 높이뛰기 시작했다.
"야호! 얘들아, 나 좀 봐! 숙희 너도 해봐!"

숙희도 따라서 '폴짝폴짝' 천장에 닿을 듯 말 듯 날아오른다. 백구를 번갈아 품에 안고 있던 경희와 현철이도 낑낑대며 올라왔다. 그런 아이들을 쳐다보던 백구가 연신 짖어 댄다. 숙희는 혹여 창수 아버지에게 꾸지람을 들을까 걱정이 돼 백구를 진정시키려고 내려가 안아주었다.

"백구야, 쉿 조용히 왜 그래?" 그러자 백구는 자기도 모르겠다는 표정으로 숙희의 허벅지에 머리를 대고 납작 엎드렸다.

"얘들아! 이제 그만하고 내려와!" 하도 뛰어서 맨 위 볏
단이 풀어져 아래로 흘러내렸다. 창수가 경희의 손을 잡
고 내려오려고 하자 개구쟁이 현철이 자꾸 손을 빼며
뛰어올랐다. 중심이 안 잡혀 내려갈 수 없는 경희는 화
가 났는지 "그만해! 그만하라고!" 하며 현철을 밀쳤다.
그러자 볏짚이 와르르 무너지더니 현철과 경희가 아래
로 곤두박질 쳤다.

"아악!"

경희는 백구를 안고 있던 숙희 가슴에 머리를 박고 멈
췄고, 현철은 시멘트 벽 모서리에 부딪쳤다.

"피, 현철이 이마에 피가 나!"

창수에 말에 순간 큰일이 벌어졌다는 것을 알았다.
피를 흘리며 우는 현철을 숙희가 등에 업고 뛰었다. 창
수는 제법 무거운 현철의 엉덩이를 밀며 힘들어 언덕을
올라갔다. 대문을 열고 다급하게 부르는 창수의 목소리
에 어른들이 방에서 나왔다.

"왜 그래 무슨 일이야?" 현철이 엄마의 얼굴이 사색이
돼서 물었다.

"현철이가 다쳤어요?"

마루에 내려놓은 현철의 이마를 보고 깜짝 놀라 우선 연고를 바르고 창수 아버지의 속옷을 잘라 머리에 동여 맸다.

"어쩌다가 이지경이 됐어? 어디서 그런 거야?"

지열이 잘되지 않자 자초지종을 듣기도 전에 다급하게 창수 아버지 경운기에 태워 우선 읍내 병원으로 갔다. 경희를 데리고 집으로 온 숙희는 벗어놓은 자기 잠바에 피를 보고 걱정이 앞섰다. 지금의 상황이 무사히 잘 넘어가길 바랬다. 하지만 세상사 마음대로 되지 않는다고 걱정하고 우려했던 일이 터져버리고 말았다. 현철이 손을 잡고 현철이 엄마가 씩씩거리며 숙희 집으로 들이닥쳤다.

"경희 엄마 나와봐요!" 듣고 싶지 않은 목소리였다.
"이 시간에 현철이 엄마가 웬일이지?" 저녁을 먹다 말고 엄마가 방문을 열었다. 잔뜩 독이 오른 얼굴로 현철이 엄마가 서 있었다.
"오늘 무슨 일이 있었는지 들었어요?"
"아니, 무슨 일이요?"
"아이들이 말을 안 했나 보네?" 경희 쪽을 향해 쏘아보았다.
"이마 좀 보세요, 경희가 밀어서 일곱 바늘이나 꿰맸

어요.”

붕대를 감은 현철이의 이마를 들이대며 말했다. 지금 현
철이 아버지가 쫓아온 다는 걸 겨우 말렸다며 어떻게 할
건지 따져 물었다. 숙희는 할 수 없이 일어난 일들에 대
해 얘기했다. 듣고 있던 할머니는 아이들끼리 놀다가 그
런 걸 가지고 별나게 군다며 역정을 냈다. 할머니 말 대
로 현철이에게도 잘못이 있는데 현철이 저놈이 자기가
잘못한 건 쏙 빼고 말한 것 같았다.

“할머니 손자여도 그렇게 말하겠어요?” 하며 현철이 엄
마가 따져 물었다.
“알았으니 병원비가 얼마예요?”

엄마가 지갑에 있는 돈을 꺼내 건네자 그때서야 돌아갔다.
밥알이 입으로 들어가는지 코로 들어가는지 몰랐다.

“숙희 너, 뭐 하러 동생은 끌고 가서 이런 사단을 만드
는 거야?” 화살이 숙희에게 향했다.
“그래, 저놈의 기지배가 문제야, 어린 게 뭘 알아!” 할머
니까지 가세했다.
“어이구, 기지배가 하라는 공부는 안 하고 매일 싸돌아
다니더니 정말 내가 못 살아!”
숙희는 억울했다. ‘뭐든 다 내 탓이야? 그래 빨리 커서
이 집구석을 나갈 거야’ 속으로 다짐했다.

▌새 친구

숙희에게 때론 상처도 주는 할머니지만 집에서는 부모를 대신해 많은 시간을 할머니와 보냈다. 그러다 보니 할머니에게 인정받고 싶고 많이 의지하기도 했다. 그래서 틈나는 대로 할머니가 좋아하는 안마를 해드리곤 했다. 숙희가 다리를 주무르면 동생 경희도 고사리 같은 손으로 할머니의 등을 두드렸다.

"아이고, 시원해라!"

할머니는 좋아하시며 그에 대한 대가로 이야기를 해주곤 했다. 할머니의 이야기는 긴긴 겨울밤을 빠르게 지나가게 했다.

"할머니 옛날 이야기해 주세요."
"호호, 그럴까? 어디 보자, 오늘은 무슨 얘 길 해줄까?"

할머니가 어떤 이야기를 해줄지 기대에 찬 숙희와 경희 그리고 미희도 조용히 다가와 할머니 앞에 둘러 앉아 귀를 기울였다.

"옛날 아주 먼 옛날에 효성이 지극한 아들이 하나 있었는데 늙은 어미와 단둘이 살았단다. 어느 날인가부터 어머니가 시름시름 앓기 시작했지, 갈수록 심해지는 어머니의 병세에 걱정이 된 아들은 좋다는 것은 다 구해다해드렸단다. 그래도 소용이 없어 고심하고 있는데 마침 지나가던 스님이 산삼을 달여 드리면 좋아질 거란 말에 지게를 지고 깊은 산 속으로 들어갔지."

"할머니, 그래서요? 산삼을 구했어요?" 성격 급한 숙희는 너무 궁금했다.

"언니 조용히 해 봐." 경희도 마음이 급해진 듯했다.

"그런데 말이야 높은 절벽 위에 산삼 한 뿌리가 보이질 않겠어, 기쁜 아들은 간신히 바위에 올라가 인삼을 캐서 산을 내려왔단다."

"그래서요? 어떻게 했어요?"

"호호호 급하긴, 가져온 산삼을 가마솥에 넣고 푹 달여서 어머니에게 먹였단다."

두 눈을 반짝이며 할머니의 얘기를 듣던 경희는 어느새 미희언니 무릎 위에 머리를 대고 잠이 들었다.

"그래서 낳았어요?" 숙희는 결말이 궁금했다.

"그럼, 언제 그랬냐는 듯 아들 효심으로 씻은 듯이 낳았단다."

숙희와 미희는 재미있다는 표정을 지으며 이불 속으로 들어갔다. 할머니도 흡족하신 듯 경희를 안아 깔아놓은 이불 위에 뉘었다. 벽에 걸린 괘종시계가 정오를 알리자

고요했던 적막을 깨고 다급한 목소리가 들렸다.

"쾅쾅! 계세요!"
"아니, 이 시간에 웬일이세요?"
"석이 아버님이 저희 집 앞 교회 마당에 쓰러져 계세요. 술이 많이 취해서 저 혼자 힘으로는 안 돼서 왔어요."

영배 아버지가 교회 일을 마무리하고 가는데 사람이 쓰러져 있어서 보니 석이 아버지였다고 했다. 엄마는 걱정하는 할머니를 뒤로하고 서둘러 오빠와 숙희를 깨워 영배 아버지를 따라서 교회로 급히 갔다. 교회 앞마당 계단 앞에 술에 취해 인사불성이 된 아버지가 얼굴이 하얗게 질린 채 널브러져 있었다. 추위에 몸을 바짝 웅크린 채 술내가 진동했다.

"이봐요, 석이 아버지! 정신 좀 차려 봐요?"

엄마는 영배 아버지에게 감사하다는 인사를 전하고 옴짝달싹도 안 하는 아버지를 흔들어 깨웠다. 눈을 뜨더니 알 수 없는 외계어를 하는 아버지를 엄마와 오빠가 겨우 일으켜 세웠다. 석이는 어릴 적 체구가 작아 걱정된 엄마의 권유로 8살 때부터 태권도 도장을 다녔다. 석이는 학교에서도 제일가는 싸움 잘하기로 소문난 학생이었다. 그런 석이는 아버지의 오른팔을 어깨에 들쳐 매고 왼손으로 허리를 잡아 번쩍 일으켜 세웠다. 엄마 역시

아버지의 왼팔을 어깨에 들쳐 매고 아버지의 허리를 잡았다. 숙희는 이 시간이 빨리 지나가기를 바라며 들고 온 손전등을 비추며 뒤를 따라갔다. 연례행사처럼 한 번씩 술에 취해 들어오는 아버지를 볼 때면 가족들은 힘들어하며 원망하곤 했다. 아버지는 숙희가 태어나기 전, 조용히 살고 싶다며 한강이 보이는 산기슭에 집 한 채와 텃밭을 장만해 도시에서 시골로 이사를 왔다고 한다. 작은 나룻배를 장만해 고기를 잡아 장에 내다 팔았다. 풍족하지는 않아도 살아가는 데 큰 어려움 없이 살았다고 한다. 아버지는 18살 차이의 막냇동생을 학비까지 대가며 아들처럼 돌봤다고 한다. 도시에서 직장을 다니다 가끔 할머니와 조카들을 보기 위해 집에 오면 아버지와 배를 타고 일을 도왔다고 한다. 그러던 어느 날 배에서 그물을 올리다 발을 헛디뎌 강물에 빠져 돌아올 수 없는 길을 떠났다고 했다. 건져 올린 동생의 시신을 끌어안고 오열하며 몇 날을 식음을 전폐하고 자신 때문이라고 자책했다. 술에 의지해 폐인처럼 1년간을 살았다고 한다. 지친 엄마는 태어난 지 얼마 안 된 숙희와 아이들을 데리고 도망갈까도 생각했다고 한다. 겨우 정신을 차린 아버지는 살던 곳이 싫다며 집과 토지를 정리해서 떠나왔다고 한다. 아침상에 콩나물국이 올라왔다. 아들이 걱정된 할머니는 구멍가게에 내려가 콩나물을 사 왔다. 아버지는 고해성사라도 하듯 고개를 푹 숙이고 있고, 엄마는 입맛이 없다며 머리를 싸매고 누웠다.

"영배 아버지 아니었으면 얼어 죽었을지도 몰라요!" 엄마가 벌떡 일어나 앉으며 방바닥을 내리치며 말했다. "너는 아침부터 그런 망측한 소리를 하는 거야?"

할머니가 그래도 아들이라고 아버지의 역성을 들고 나섰다. 아이들은 상 앞에서 모두가 벙어리가 되어 고개를 숙인 채 밥알을 입속으로 쑤셔 넣었다. 어색한 분위기가 불편한 아이들은 서둘러 자리를 피하듯 일어났다. 숙희는 어젯밤 영배아버지가 고맙기도 하고, 며칠 못 본 영배가 궁금하기도 해서 주머니에 구슬 한 줌을 넣어 영배 집으로 내려갔다.

"영배야! 구슬치기 하자."
"응, 나도 가지고 나올게."

영배가 구슬을 가지러 간 사이 숙희는 나뭇가지를 주워 땅을 팠다. 적당한 크기의 홈을 둥글게 판 다음 2m 거리쯤 선을 그어 놓는다. 선 밖에 서서 파 놓은 홈 안에 구슬이 들어가게 던진다. 안 들어간 구슬은 손가락으로 튕겨서 넣도록 한다. 일명 홈 들기라고 하는 놀이다. 다 들어간 구슬들을 맞춰서 밖으로 나온 구슬들을 맞춘 사람이 가져간다. 숙희는 학교에서도 남자 아이들의 구슬을 다 따 가기로 유명하다. 집에는 구슬이 사탕 통으로 한가득하다.

"다음은 너 차례야."

자신 있는 숙희가 여유 있는 표정을 짓는다. 영배는 애꾸눈으로 초점을 맞추더니 천천히 높게 던진다. 아슬아슬하게 비껴갔다.

"호호호, 내 차례네."

숙희는 학처럼 왼팔과 왼쪽 다리를 들더니 오른손에 든 구슬을 힘차게 던진다. 예상한 대로 정확히 적중했다.

"에이, 뭐야? 또 들어갔어!" 영배가 실망스럽게 쳐다본다.
"영배야! 누가 이사 오나 봐?"

놀고 있던 영배 집 마당 뒤쪽으로 짐을 가득 실은 파란색 트럭 한 대가 보였다. 전에 지영이가 살던 집 앞에 멈춰 섰다.

"우리가 보자."

영배와 숙희는 구슬치기를 하다 말고 대충 주머니에 밀어 넣고 이사 간 지영이 집으로 달려갔다. '와' 숙희는 입이 떡 벌어졌다. 리어카에 실어 나르던 숙희 집 이삿짐과 다르게 처음 보는 물건들이 산처럼 쌓여 있었다.

그중에서도 많은 책들이 숙희를 놀라게 했다. 실어 나르는 어른들 사이로 미희 언니 또래의 여자 아이와 숙희 또래의 남자 아이가 멀리서 벽에 기댄 채 서 있었다.

"엄청 부잣집인가 봐."

코를 벌름거리며 눈을 동그랗게 뜨고 영배가 말했다. 여태 봐 온 영배 눈 중에 가장 크게 뜬 눈이다. '치!' 괜히 자기 집과 비교되는 것 같아 빈정 상한 숙희는 더 이상 놀이를 하고 싶지 않아 집으로 발길을 옮겼다. 돌아온 숙희는 할머니와 함께 쓰는 방에 낮은 앉은뱅이책상에 교과서와 사전 몇 권이 전부인 텅 빈 방안이 초라하게 느껴졌다.

공휴일 한산한 오후, 창수가 백구를 데리고 놀러 왔다. 백구를 보고 가장 신이 난 경희는 장독대에 앉아 백구를 쓰다듬으며 연신 말을 붙인다.

"백구야! 아이 좋아? 예쁜 우리 백구, 손, 손!"

따스한 겨울 햇살이 하얀 경희의 얼굴에 내려앉았다. 마지못해 앞발을 내어 주던 백구는 귀찮은지 경희를 피해 장독대를 연달아 뛰면서 돌았다. 백구의 마음을 알 수 없는 경희는 좋아서 졸졸 따라다닌다.

"계세요?"

열린 대문 안으로 아줌마와 남자아이가 떡을 들고 들어 왔다. 며칠 전 지영이 집으로 이사 온 어렴풋이 본 아이 같았다. 흰 피부에 까만 눈동자, 오똑한 콧날 단정한 옷 차림, 지금껏 봐 온 남자 아이들과 달라 보였다.

"어른들 안 계시니?"

교양 있는 말투였다.
"엄마! 누가 오셨어요!" 숙희는 왠지 급하게 뛰어 들어 가 엄마를 불렀다.
"안녕하세요! 며칠 전 이사 왔어요."
"아 네, 잘 먹을게요. 어디서 오셨어요?"
"서울에서요."

남편이 국민학교 선생님이고 이곳 숙희가 다니는 학교 로 전근을 왔다고 했다. 아이들도 새 학기부터 이곳 학 교에서 다닌다고 말했다. 엄마는 숙희 학교 선생님이란 말에 조심스러운 눈치였다.

"너는 몇 살이야?" 엄마는 궁금하다는 듯 물었다.
"네, 12살이요." 차분한 어조로 대답했다.
"앞으로 우리 우창이하고 잘 지내, 집에도 놀러들 와."

친절하게 말하는 우창이 엄마 말에 숙희는 선뜻 대답하지 못했다. 이름은 이 우창, 나이는 12살, 창수는 1학년 위에 형이라 그런지 쉽게 다가서지 못했다. 형이긴 한데 숙희가 있어 애매하기도 하단 눈치다. 한 학년 위라는 것이 왠지 숙희의 마음을 불편하게 했다. 며칠 뒤, 우창이 집에서 동네 아이들을 초대했다. 앞으로 새 학기가 시작되기 전 새로운 친구들을 만들어 주고 싶어서인 것 같았다. 숙희는 몇 벌 안 되는 옷 중에 청색 멜빵바지와 양쪽 주머니에 토끼 무늬가 있는 빨간색 털 잠바를 골라 입었다. 머리는 미희 언니가 한 갈래로 묶어 주었지만, 왠지 마음에 들지 않아 언니에게 불평을 했다. 숙희의 요구대로 양 갈래 머리를 따서 토끼처럼 틀어 올렸다.

"야, 너 오늘 왜 이렇게 신경을 쓰는 거야? 귀찮게."

평소 말이 없던 미희는 목소리 톤이 높아졌다. 평소 같으면 대들던 숙희도 처음 보는 언니의 모습에 놀라 입을 다물었다. 혼자 가기가 어색한 숙희는 같이 가자고 창수를 불렀다. 독점에서 내리막길을 걸어오는 숙희의 마음은 살짝 긴장도 되고 들떠 있었다. 미영이 집에도 들러 함께 우창이 집으로 향했다. 가까이 사는 영배가 노착해 있었다. 서실 안쪽에 놓여있는 카펫 위에 서양식 소파가 보였다. 그 옆에 놓인 검은색 피아노 거실 장 안에 가득 꽂혀 있는 책들이 숙희를 주눅 들게 했다.

"어서들 와라." 우창이 엄마가 반갑게 맞아주었다.

"안녕하세요."

우창이가 나와서 자기 방으로 안내했다. 방 한가운데 여러 종류의 다과가 준비되어 있었다. 원목의 책장과 책상 그리고 깔끔하게 정돈된 옷장까지 방 안 분위기가 우창이를 닮은 듯했다.

"안녕, 내 이름은 이 우창이야! 나이는 12살, 올해로 5학년이야, 너는?"

숙희 집에서 처음 봤을 때 머뭇거리던 창수를 보고 물었다.

"응 저, 아니 형! 내 이름은 김 창수라고 해."

뒤를 이어 미영이와 영배도 소개하며 오빠와 형이라고 불렀다. 숙희는 난감했다.
그래도 오빠는 아니라고 생각돼,

"내 이름은 이 숙희야, 반가워! 9살에 학교 들어가서 너하고 나이는 똑같아."
"5학년이면 오빠라고 불러야 되는 거 아냐?" 눈치 없는 영배가 머리를 긁적이며 말했다.
"이 멍충아! 그럼 너도 나한테 누나라고 부를 거야?" 기분이 상한 숙희가 쏘아붙였다.

"그건 아니지, 우린 같은 학년인데?" 눈치를 보던 창수가 말했다.

"하하하 그럼, 그냥 나와 숙희는 친구로 지내자." 말하는 우창이를 보고 아이들은 멋있다는 듯 쳐다보았다.

대장 숙희는 반듯한 얼굴에 우창이를 보며 묘한 기분과 함께 위기감을 느꼈다. 집에 돌아온 숙희는 자존심이 상했다. 한 살 늦게 학교를 보낸 부모님을 원망했다.

▌명절

"까치, 까치, 설날은 어저께 고요, 우리, 우리 설날
은 오늘이래요.
곱고 고운 댕기도 내가 드리고, 새로 사 온 신발도 내가
신어요."

마을 놀이터에 모인 아이들이 얼마 남지 않은 설날을
기다리며 노래를 흥얼댔다. 새로 이사 온 우창이도 보였
다.

"우리 제기차기 하자?" 창수가 가지고 온 제기를 주머니
에서 꺼내 보여주었다.
제기 주인인 창수가 먼저 시범을 보이고, 다리로 하는
가위 바위 보로 순서를 정했다. 다리를 위아래 엇갈리면
가위, 다리를 오므리면 바위, 다리를 옆으로 펼치면 보,
아이들은 높이 뛰어오르며 가위 바위 보를 냈다.

"하나, 둘, 셋, 넷, 다섯…여섯."에서 제기가 옆으로 날
아가며 멈췄다.
창수 다음으로 새로 이사 온 우창이 차례다.

"하나 둘 셋 넷 다섯…열."
"우 와! 오빠 잘한다." 미영이가 박수를 치며 '폴짝' 뛰

어울랐다.

순간 숙희는 '고 녀석 제법인데' 속으로 생각하고 두 주먹을 꽉 쥔 채 비장한 각오라도 한 듯 앞으로 나갔다.

"하나 둘 셋 넷 다섯… 열 열하나, 열 둘, 열 셋."
"와! 역시 대장이야." 영배와 창수가 환호성을 질렀다.

숙희는 우창이를 이긴 것만으로 어깨가 으쓱했다. 슬쩍 우창이를 곁눈질했다. 미소를 짓는 우창이의 얼굴이 환하게 빛나고 있었다. 숙희의 가슴에 '콩닥' '콩닥' 알 수 없는 소리가 들렸다. 얼굴이 빨갛게 달아오른 숙희는 화제를 돌렸다.

"너희들 세뱃돈 받으면 뭐 할 거야?"
"나는 축구공 사려고" 창수가 말했다.
"나는 새 필통하고 만화책 살 거야." 말하고는 "오빠는?" 하며 우창이를 바라보며 미영이가 수줍은 듯 물었다.
"나는 엄마에게 다 맡기는데." 하며 미영이를 바라보며 얘기했다.

영배는 뭐가 못마땅한 건지, 아니면 할 말이 없는 건지 대답 없이 애꿎은 땅만 발로 차고 있다. 마침 가래떡을 하려고 쌀을 머리에 이고 가는 숙희 할머니를 만났다.

"이제 그만 놀고 엄마 심부름도 하고 해야지."

"알았어요."

숙희는 아쉬웠지만, 역정 내실 할머니를 생각해서 친구들을 두고 집으로 들어갔다. 음식 만드느라 정신이 없는 엄마는 숙희를 보자 수정과에 넣을 곶감에 꼭지 떼는 일을 시켰다. 2년 차이지만 그래도 첫째 딸이라고 제법 음식을 잘하는 미희는 엄마를 돕느라 분주했다. 할머니가 방앗간에서 뽑아 온 따끈한 가래떡으로 바쁜 저녁을 대신했다. 엄마가 만든 달콤한 조청에 찍어 먹는 가래떡 맛은 최고였다. 명절이면 평소에 먹지 못했던 음식들을 배불리 먹어 좋았다. 또한, 아이들은 세배를 하면 평소 만져 보지도 못하는 종이 지폐를 받을 수 있어서 행복했다. 설은 때론 꼴 보기 싫은 작은 엄마들도 반갑기만 한 날이다. 다음날 엄마는 내리 물려받아 입은 경희의 한복이 낡아서 사러 간다고 경희를 불렀다. 방바닥에 배를 깔고 누워 밀린 방학 숙제를 하던 숙희의 귀가 쫑긋했다. 시장 간다는 말에 책이 눈에 들어올 리 없는 숙희는 기회는 이때라는 생각에 겉옷을 챙겨 따라나섰다. 장터에는 얼마 남지 않은 명절 준비를 하려는 사람들로 넘쳐났다. 사람들 틈을 비집고 가다 장 한가운데 모여 있는 사람들을 발견했다. 어른들 사이로 들어가 보니 원숭이 한 마리가 나무 구름다리를 두 팔로 매달려 넘어가 둥근 원을 통과하며 재주를 부렸다. 그 옆으로 큰 북을 '둥둥' 치는 남자와 반짝이는 한복을 입은 여자가 약

상자를 들고 돌아다녔다. 한가운데 메가폰을 든 아저씨 한 사람이 큰 소리로,

"날이면 날마다 오는 것이 아니야! 산 넘고 물 건너 이곳까지 온 이유로 말할 것 같으면 이거 하나면 다 돼! 다친 데, 데인데, 다리 아픈 어르신들 이거 하나면 끝! 만병통치약이야."

연신 떠들어 댔다. 말 많은 사람보고 왜 약장수라는 지 알 것 같다. 사람들은 원숭이 재주에 신기하다는 듯 박수를 쳐가며 웃어 댔다. 여기저기 약장수의 말에 넘어가 약을 샀고, 할머니들 중에는 바지 안주머니에서 꼬깃꼬 깃 숨겨 두었던 쌈짓돈을 꺼냈다. 약이 잘 팔리자 반짝이 한복을 입은 여자가 구성지게 타령을 했다. 어르신들 중에는 어깨를 들썩이며 춤을 추기도 했다. 아이들은 원숭이가 신기한지 목을 빼고 쳐다봤다. 숙희도 처음 보는 광경에 한참을 호기심을 갖고 지켜보았다.

"엄마 나, 다리 아파!"
"그래, 알았어, 숙희야! 그만 가자."

엄마는 칭얼대는 다 큰 경희를 업고 한복집으로 들어갔다. 형형색색의 한복들이 즐비하게 걸려 있었다. 그중 소매 단에 빨강 노랑 파랑으로 색을 이어 붙인 초록색의 저고리와 아랫단에 금박 문양이 찍힌 빨간 치마를

골랐다. 경희는 좋아서 입이 벌어져 다물 줄을 몰랐다. 지금껏 봐 온 경희 얼굴 중 가장 환하게 빛났다. 숙희는 부럽기도 했지만, 형편을 알기에 시장 구경으로 만족하기로 했다. 설날 저녁 친척들이 모여 한바탕 소란스럽다. 어른들은 술상을 차려놓고 못다 한 이야기를 나누고 아이들은 작은 방에 모여 윷놀이를 했다. 6명씩 나누어 편을 먹고 이긴 팀이 진 팀에게 이마에 딱 밤을 때리기로 했다. 숙희와 다른 편이 된 석이 오빠 편이 이기자 신이 난 석이는 대표로 아이들의 이마에 사정없이 딱 밤을 날렸다.

"아야!" 작은 집 오빠가 얼마나 아픈지 괴성을 지른다.

"숙희, 이마 들어." 숙희 차례가 되자 더 신나 보이는 석이가 미소를 지었다.
"아얏! 두고 봐!" 눈물이 핑 돈 숙희가 이를 꽉 깨물었다.

시간이 지날수록 이마의 시퍼렇게 멍든 혹이 커져갔다. 숙희는 반드시 이겨서 복수하리라 마음먹고 있는 힘껏 윷을 던졌다. 간절히 바라면 이루어진다고 했던가 말판에 하나의 말만 남은 상태, 숙희 편이 앞서고 있었다.

"숙희야! 걸 이상만 나오면 이기는 거야." 작은 집 오빠가 두 손을 모으고 응원을 했다. 호흡을 가다듬던 숙희가 윷을 들어 공중으로 높이 던졌다. 이마가 시뻘게 진

6명은 숨죽여 눈동자가 윷을 따라갔다.
"와! 윷이다! 도, 개, 걸."

마지막 말이 나오고 숙희 편은 일제히 일어나 만세를 부르며 환호했고, 석이 편은 울상이 됐다. 벼르고 있던 숙희는 다른 애들은 작은 집 오빠에게 넘기고 석이만 맡아 때리기로 했다. 힘을 아껴 복수를 하고 싶었기 때문이다.

"하나, 둘, 셋."

숙희는 일어나서 앉아 있는 석이의 이마를 젖 먹던 힘 다해 내리쳤다. 석이는 눈을 치켜뜨며 쏘아보는 오빠에게 통쾌한 미소를 날렸다. 석이는 다시 말판에 바둑돌을 정리해 두고 한판 더 하기로 제안했고 모두 응했다. 백과 흑 팀은 담요 위에 윷을 하나씩 던져 순서를 정했다. 석이 편이 높은 윷을 던져 먼저 하게 됐다. 작은 집 숙희와 또래인 철수가 던지려 하자 안방에서 시끄러운 소리가 들렸다. 아버지의 술 취한 목소리와 작은아버지와의 언쟁처럼 들렸다. 소리는 점점 크게 들렸다.

"아이고, 그놈의 지난 얘기, 석이야! 너 아버지 좀 방에 데리고 재워라!"
"알았어요."

안방에 가보니 작은 엄마들은 아버지의 술 주사에 석이 방으로 피신을 갖고, 술들이 거하게 마신 작은 아버지들은 눈이 풀려 있었다. 숙희 아버지는 취해 코가 순록 코처럼 빨갰다.

"다 내 잘못이야, 내가 데리고 나가지만 않았어도 그 애가 그렇게 되진 않았을 거야, 흐흐!" 또 시작된 저세상 간 막내 삼촌 얘기였다.
"형님은 언제까지 이러고 살 거 유? 다 그놈 팔자라고 생각하고 잊어요."

둘째 작은아버지가 이제 잊고 살라며 얘기했다. 간신히 저항하는 아버지를 엄마와 오빠들이 일으켜 세워 석이 방으로 옮겼다. 작은 엄마들은 도망치듯 빠져나가 안방으로 가 술상을 치워버렸다. 언제 그랬냐는 듯 아침이 밝아 오고 설빔들로 차려입고 차례를 지냈다. 떡국들을 한 그릇씩, 먹고 한 살씩, 나이도 먹었다.

"어머니! 건강하게 오래오래 사세요."

상을 물리고 난 후 어른들이 먼저 할머께 절을 올리고, 뺑 둘러앉은 어른들에게 줄을 선 아이들이 돌아가며 절을 했다.

"새해 복 많이 받으세요!"

"그래, 공부 열심히 하고 어른들 말씀 잘 들어야 한다."
"네."

드디어 어른들의 주머니에서 1,000짜리 지폐가 나왔다. 중학교와 고등학교 입학하는 오빠에게는 거금 10,000짜리 지폐를 주셨다. 주머니가 두둑해진 아이들은 신이 나서 작은 방으로 건너가 서로 얼마 받았는지 세어 보았다. 점심이 지나 친척들이 돌아가고 숙희도 친구들에게 자랑하고 싶어 마을을 내려와 마을 운동장으로 향했다. 발걸음이 가벼워 구름 위라도 걷는 것 같았다. 마을회관 앞에서는 어른들이 모여 윷놀이와 널뛰기를 했다, 운동장에는 하늘 높이 연을 날리는 오빠들과 영배와 창수 그리고 창수 사촌이라는 여동생이 제기를 차고 있었다. 숙희를 보자 반가워 같이 놀자고 했다.

"너희들 세뱃돈 받았어?"
"응, 받아서 엄마가 맡기라고 해서 2,000원 빼고 나머지 맡겼는데?" 창수가 제법 많이 받아 엄마에게 맡겼다고 했다.
"나는…!" 머리를 긁적이더니 아버지에게 받았다며 주머니에서 2,000원을 보여주었다. 숙희는 영배의 처지를 알기에 더 이상 말하지 않았다. 숙희 또한 며칠 지나지 않아 일부는 엄마에게 맡기라며 뺏길 것이 뻔하다. 해마다 돌려받지 못했지만 그래도 지금, 이 순간이 즐거웠다. 아이들은 설날이 1년에 몇 번 더 있으면 좋겠다고 말했다.

설이 지나고 한 해의 첫 보름이자 보름달이 뜨는 날이다. 음력 15일에 지내는 정월 대보름이 돌아왔다. 방학이 끝나가고 새 학기가 시작된다. 보름 전날 쌀, 조, 수, 팥, 콩 등을 섞어 오곡밥을 하고 가을에 말려둔 묵은 재료들로 나물을 만들어 먹는다. 아침이면 부럼이라고 해서 밤, 호두, 잣, 땅콩 등도 까서 먹는다, 할머니는 그래야 1년 동안 내 아프지 않고 무탈하게 보낼 수 있다며 믿기 힘든 전래 동화 같은 이야기를 해 주셨다.

"할머니! 지금 먹으면 안 돼요?" 나눠 준 호두와 땅콩의 맛을 알기에 참기 힘든 경희가 말했다.
"아침에 일어나서 내 더위 가져가라, 하고 먹어야 돼."
"왜요?" 알 수 없는 얘기에 의아한 숙희가 물었다.
"옛날부터 그래야 눈썹이 희지 않고 건강하게 보낼 수 있지."

"네."

할머니의 말이 의아했지만, 혹시라도 눈썹이 하얗게 될까 두려워 참기로 했다. 저녁이 되자 아이들은 하나 둘 기찻길 옆 김장배추를 수확했던 밭으로 모여들었다. 아이들은 저마다 깡통을 하나씩 집에서 들고 나왔다.

"얘들아! 내 깡통 어때?" 구멍이 숭숭 뚫린 깡통을 어깨에 맨 창수가 자랑을 한다.

"어디서 구했어?" 빈손으로 나온 영배가 창수의 깡통이 좋아 보였는지 궁금해서 물었다.
"아버지가 집에 있는 깡통에 구멍을 뚫어줬어."

밭으로 나온 창수의 아버지는 아이들이 걱정이 됐는지 밭 한가운데에 볏단을 세워 직접 불을 피워 주셨다. 그 위에 나뭇가지들을 올려 다 탈 때까지 기다렸다. 아저씨는 아이들에게 타다 만 숯을 깡통 속에 나누어 주었다.

"너희들 조심해서 놀아야 한다."
"네."

아이들이 일제히 깡통을 돌리자 바람에 살아난 불씨들이 반짝이며 밤하늘을 수 놓았다.

"너희들 소원을 빌며 돌려야 한다."
"네."
'아이들은 어떤 소원을 빌까?'

궁금한 숙희는 아버지가 돈을 많이 벌어 가족이 행복하게 살기를 마음속으로 빌었다. 얼마나 돌렸는지 팔이 아픈 아이들은 양손을 번갈아 가며 돌렸다.

"이 녀석들 밤에 오줌 쌀라? 허허허."
"오줌을 왜 싸요? 하하하, 호호호."

창수 아버지가 오줌 싸게 창수가 걱정이 돼서 하는 말에 아이들이 한바탕 웃어 댄다.

"얘들아! 이게 무슨 냄새야?"
"진짜 어디서 타는 냄새가 나는 거 같아?"

우려했던 일이 벌어지고 말았다. 한바탕 웃던 숙희가 깡통을 돌리다 머리를 스쳐 긴 머리카락이 깡통에 닿았다.

"아 앙! 어떻게 우우!" 너무 놀란 숙희가 왈칵 울음이 터져 나왔다.
"그것 봐라, 조심 좀 하지?" 걱정된 창수 아버지가 다가와 살펴보셨다.
"이제 괜찮으니 걱정마라!"

숙희가 소중히 여기는 머리였기에 상심한 나머지 밝은 대서 확인하고 싶은 마음에 집으로 돌아갔다.

"할머니, 쥐불놀이 하다 머리카락이 탔어요!"
"아이구, 기지배가 조심성 없이 어쩌다 머리카락까지 태웠어? 어디 보자!"

할머니는 가위를 꺼내 그을린 머리카락 부분을 임시방편으로 잘라 주었고, 다음 날 엄마가 길이를 맞춘다며 단발머리로 잘랐다. 숙희 오빠는 더 못 생겨 졌다며 놀려댔고 화가 난 숙희는 며칠 동안 석이 오빠와 아는 척도 하지 않았다. 아끼던 긴 머리카락이 잘려져 나간 후 마음이 허전했다. 불놀이의 대가가 너무 가혹했다.

▌새 학기

개학 일주일을 앞두고 새 교과서를 받으러 가는 날이다. 새 교과서와 함께 한 학년 올라가는 반도 배정 받는 날이기도 하다. 학용품을 사기 위해 서둘러 경희와 함께 길을 나섰다. 가방과 실내화, 학용품 등을 준비하려고 학교 주변과 시장에는 사람들이 모여들었다. 숙희 집은 고등학교 올라가는 석이와 중학생이 되는 미희 때문에 걱정이 많았다. 공납금이며 교복, 전과 달리 들어가야 할 돈이 많아졌기 때문이다. 숙희는 언니의 책가방과 신발주머니를 물려받고 경희는 숙희의 것을 쓰기로 했다. 발이 커져 안 맞는 실내화와 낡은 필통만 모아둔 세뱃돈으로 구입하기로 했다. 문구점에 들어간 숙희는 요술공주가 그려진 자석 필통과 하얀 실내화를 선택했고, 동생 경희는 실내화와 하얀 백구를 닮은 강아지가 그려진 필통을 구입했다. 교실에 들어서자 아이들은 서로 반가워하며 할 말이 많은 듯 떠들어 댔다. 자주 보는 영배를 제외하고 한 달 안 본 사이 아이들의 모습은 왠지 새로워 보였다. 반갑기도 하고 뭔가 낯설기도 했다. 오늘이 마지막 시간이라 서운함도 밀려왔다.

"자, 조용! 반장 일어나."
"차렷, 경례!" 반장 수혁이가 반 아이들을 둘러보고 나서 구호를 외쳤다.

"안녕하세요!"

"방학 동안 잘들 지냈지?"

"네!"

모처럼 선생님을 보자 아이들은 우렁찬 목소리로 인사를 했다. 각 분단 줄반장이 나와 책을 받아 나누어 주었다. 새 책을 받고 신이 난 아이들은 책의 내용을 넘겨보느라 바빴다. 꼴등하는 영배도 평상시와 달리 싱글벙글 웃어가며 책을 넘겨본다.

"그동안 너희들과 지낸 1년 동안 힘든 일도 있고, 즐거웠던 일도 많았던 거 같다. 한 학년 올라가니까 친구들과도 잘 지내고 공부도 열심히 하길 바란다. 선생님은 다른 학교로 가지만 너희들과 지냈던 날들을 잊지 못할 거야!"

선생님의 눈시울이 붉어졌다. 그 모습을 본 반 아이들도 숙연해졌다. 고개를 숙인 채 아쉬워하는 여자 아이들도 보였다. 잠시 침묵이 흐르고 선생님은 68명의 반 아이들의 새로운 반 배정을 말해 주었다. 숙희는 5학년 1반, 영배는 6반이 됐다.

"너하고 같은 반이 아니야." 하며 영배가 서운한 표정을 지었다.

"매일 같이 학교 오고, 노는데 호호호." 영배의 표정이 싫지 않았다.

가방을 챙겨 선생님께 마지막 인사를 하고 미영이와 창수 반으로 갔다. 새 책이 많아 무거운 가방을 낑낑대며 걸어갔다. 혼자 가기 싫기도 했지만 몇 반이 됐는지가 제일 궁금했다.

"창수야! 몇 반 됐어?" 상기된 숙희가 창수를 보자 급하게 물었다.
"2반 너는?"
"1반이래."
"미영이 너는?"
"나, 6반 호호호." 귀여운 표정을 지으며 웃으며 말했다.
"6반, 나도 6반이야 하하하! 호호호." 좀 전 서운하던 표정의 영배가 아니었다.

아주 신이 나서 좋아하는 모습이 역력했다. 무거운 가방을 들고 가던 아이들 눈에 번데기 아저씨가 보였다. 마침 출출했던 터라 번데기를 사 먹기로 했다. 무거운 책가방을 문구점 밖에 놓인 의자에 내려놓고 아저씨 리어카에 모였다. 1년 내내 회색 잠바에 군복바지를 입고 리어카 위에 연탄화로를 두고 번데기 솥단지를 싣고 다녔다. 리어카 위에 둥근 회전판을 달아 꽝, 한 컵, 두 컵 때를 써서 아저씨가 돌리면 뾰족한 송곳이 달린 핀을 던져 맞추는 이벤트를 매번 했다. 아저씨는 어릴 적 소아마비를 앓아 한쪽 다리를 절었지만 하루도 쉬지 않고 리어카를 밀고 학교 주위를 다녔다. 한 컵에 10원하는 번데기는 아저씨만의 비법인지 국물이 짭조름하고 달큰하게 맛있었다.

"아저씨 저희 번데기 주세요!"

한 컵씩, 받아 든 아이들이 이쑤시개로 집어 가며 맛있게 먹었다.

"자, 다 먹고 한 번씩 맞춰 봐라."

아저씨의 말에 게눈 감추듯 먹어 치운 영배부터 회전판에 깃털이 달린 핀을 던졌다. '꽝' 하하하, 영배도 창수도 쉽게 되지 않았다.

"그럼 내가 한번 해볼게."

답답한지 숙희가 나섰다. 가슴을 최대한 앞으로 내밀더니 왼다리를 들고 뚫어져라 판을 보며 핀을 냅다 꽂았다. 지켜보던 아이들의 눈도 일제히 판에 꽂혔다.

"와! 두 컵 더. 숙희 대단하다!"

덤으로 얻은 두 컵의 번데기를 넷이서 나눠 먹었다. 공짜라 그런지 더 맛이 있었다. 배도 부르고 회전판 놀이에 즐거웠던 아이들은 기운이 샘솟기라도 한 듯 가방을 번쩍 들어 올려 어깨에 메고 길을 걸었다. 일산역사 옆으로 난 길을 따라 걷다 보니 얼었던 땅이 녹아 아지랑이 아른거리는 들녘에 새싹들이 돋아나고 있었다. 집에 돌아온 숙희는 가방에서 새로 받은 책을 앉은뱅이책상 위 책꽂이에 정리를 했다. 해 묵은 달력으로 경희의 책까지 겉표지를 싸고 과목마다 이름도 적었다. 중학교에 입학하는 미희는 미장원에 가서 단발머리로 자르고 왔다. 엄마가 찾아온 교복까지 입고 나니 제법 의젓하게 잘 어울렸다. 미희도 좋은지 연신 거울 앞에 서서 교복 입고 있는 자신의 모습을 살폈다. 엄마는 대견한 눈으로 보면서도 자신도 모르게 한숨이 흘러나왔다. 숙희는 밤이 돼서야 엄마의 한숨의 의미를 알 수 있었다.

"걱정이에요, 아이들은 커 가는데 고등학교까지는 보내야 할 텐데…!"
"형편대로 해야지 어쩌겠어?"

걱정하는 엄마에게 가만히 듣고만 있던 아버지가 말했다.

"기지배들을 무슨 고등학교까지, 중학교 마치면 돈이나 벌라고 하고 석이 한테나 신경 써라!"

이 와중에도 아들과 손자를 걱정하는 할머니가 한마디 거들었다. 옆방에서 듣게 된 숙희는 잠이 오질 않았다. 잘은 모르지만 가난이란 이런 거구나, 마음 한구석이 아려 왔다. 개학날이라 어제 밤의 일도 잊은 채 기대 반, 설레임 반으로 숙희는 작년 봄, 고모가 사준 줄무늬 원피스를 입고 머리에는 아끼는 꽃핀도 꽂았다.

"학교 다녀오겠습니다!"

숙희는 경희의 손을 잡고 창수 집으로 갔다. 창수도 다른 날과 다르게 꽤나 신경 쓴 옷차림으로 단정하게 보였다. 길을 내려와 영배를 만났다. 머리는 2대1 가름마를 타고 동백기름이라도 바른 건지 반질반질 윤기가 흐르고 세수도 한 것처럼 매끈하니 코도 흘리지 않았다. 처음 보는 사람처럼 낯선 영배의 모습에 웃음이 나왔다. 학교에 맨 뒤 건물에 위치한 5학년 교실로 들어가 각자의 교실로 들어갔다. 첫 번째 교실로 들어간 숙희는 교실을 빙 둘러 가며 구경했다. 미리 와 있는 친구들을 쳐다보며 아는 친구들에게 손을 흔들어 인사했다. 아직 낯선 친구들에게는 멋쩍어하며 미소로 답했다. 종이 울리자 선생님이 들어오셨다. 순간 숙희는 망치로 한 대 얻어맞은 것처럼 머리가 띵했다. 먼발치에서 본 새로 이사왔다는 우창이 아버지였다. 금테안경의 반듯한 외모 호리호리한 체형 우창이가 아버지를 많이 닮은 듯했다.

"자, 여러분 반가워요. 앞으로 여러분과 함께할" 칠판에 '이 동규' 라고 크게 써내려갔다.

"우선 오늘 전체 조회가 있으니 밖으로 나갈 준비들 하고, 자세한 소개와 일정을 말해 줄게요."

넓은 운동장 한가운데 학년 별로 줄을 서서 모였다. 6학년 학년 주임 선생님이 단상 한가운데 서서 마이크에 대고 큰 소리로 말했다.

"자, 앞으로 나란히! 바로!"

음악이 흐르고 '국민체조 시작!' 소리와 함께 단상 위 선생님을 따라 체조를 시작했다. 학생들 모두 힘차게 따라했다.

체조가 끝나자,
"앞으로 나란히, 차렷, 국기에 대한 경례!" 선생님 구호에 따라 줄을 맞춰서 일제히 움직인다.

"바로! 애국가 제창이 있겠습니다."

반주가 흘러나오고 선생님과 아이들은 정자세로 서서 애국가 2절까지 불렀다. 다음 교가까지 부르고 나면 교장선생님의 훈사가 이어진다. 가장 지루하고 긴 시간 아이들의 인내심이 바닥이 날 때면 장난을 치거나 먼 산을 바라보기도 했다. 그러다 선생님이 언제 알고 왔는지 앞에 서 있으면 소스라치게 놀라 자세를 바로잡는다. 하지만, 한 소리를 듣거나 꿀밤을 맞고 휘청대기도 했다. 매번 반복되는 얘기들 같은데 언제나 진지하게 오래도 간다. 매주 월요일 아침마다 하는 조회지만 교장선생님의 훈사는 변함이 없다. 봄가을엔 그래도 견딜 만한데 더운 여름과 추운 겨울에는 힘들어 하는 학생들이 종종 발견된다. 뙤약볕에 쓰러지기도 하고 때론 선생님 등에 업혀서 교실로 실려 가기도 했다. 교장선생님이 짧게 말할 때가 가장 감사한 날이기도 했다. 교장선생님 말을 듣는 둥 마는 둥 지루했던 숙희는 주위를 두리번댔다. 맨 오른쪽 6학년 줄에 대각선에 서 있는 우창이가 보였다. 곧게 서 있는 자세와 단정한 옷차림 멀리서 봐도 우창이 라는 것을 알았다. 지루한 아침 조회가 끝나고 교실로 온 선생님은 계속 본인 소개를 이어갔다. 서울에 있는 학교에서 근무하다 이곳으로 전근을 오게 됐다고 했다. 반장은 우선 돌아가면서 하기로 하고 2학기 때 선출한다고 했다. 짝은 남학생 여학생 가나다순으로 정해서 숙희 짝은 이명섭 한 번도 같은 반이 되어 본 적 없지만 4학년 반장을 했던 아이라 얼굴이 익숙했다. 같은 반이었던 여자 아이들 얘기로는 공부는 잘 하지만 짓궂은 면이 있다고 전했다. 첫날이라 서로 서먹한 분위기에 짝이 정해지고 따로 수업은 없었다. 교실을 나와 운동장을 걸어가다 미리 끝난 미영이와 영배를 만났다.

영배는 뭐가 그리 좋은지 연신 웃어대 나사가 하나 풀린 듯 보였다.

"미영아! 얘 왜 이래? 뭐, 좋은 일이라도 있냐?"

"몰라! 내 옆에서 계속 이래, 신경 쓰이게." 미영이가 눈을 흘기며 말했다.

"니 옆이라고? 혹시 영배하고 짝 됐어?"

"응, 그렇게 됐어." 그때서야 이유를 알 것 같았다.

"참, 숙희야! 우창이 오빠 아버지가 너희 반 담임이지?" 동그랗게 뜬 눈으로 미영이가 물었다.

"그래서 나도 조금 놀랐어." 라고 말하는데, 양반은 못되는지 우창이와 창수가 우리를 보고 뛰어오고 있었다.

"얘들아! 같이 가자." 창수가 나오다가 형을 만났다며 말하는데 숙희는 그놈의 형이라는 단어가 여전히 귀에 거슬렸다.

'형은 무슨, 하필이면 우리 동네로 이사 올 게 뭐람' 마음속으로 말했다.

"우리 아버지가 너희 반 맡으셨더라."

"응, 그런데?" 숙희는 여전히 우영이가 못마땅하다는 듯 툭 던졌다.

"아니, 그렇다고."

"오빠는 서울 어디 학교 다니다 왔어?" 미영이가 우창이에 대해 궁금한 점이 많은 듯 보였다.

"서울 남산 국민학교."

"와! 그럼, 남산에도 자주 가봤겠네?" 영배가 부럽다는 듯 물었다.

"당연하지, 하하하."

"한번 나도 가보고 싶다" 창수도 궁금한 표정을 지으며 말했다.

"너희들 그러면 마지막 주말에 시간 내서 남산에 같이 갈래?" 남산에 도서관과 식물원 등 볼거리가 많다며 우창이가 설명을 해주었다.

"식물원과 도서관?" 놀란 표정으로 영배가 말했다.

"그래, 아침 일찍 경의선 기차 타고 서울역 가서 저녁 되기 전 올 수 있을 거야."

"난 좋아." 숙희는 말로만 듣던 남산은 처음이다. 그래서 궁금했다. 어떤 곳인지.

"나는 엄마한테 허락을 받아야 되는데." 평소에도 부모님 말을 잘 듣는 미영이가 조심스럽게 말했다.

"그럼 너희들 집에 가서 물어보고 얘기해줘."

"그래 그렇게 하자, 일찍 오는 거면 허락해 줄 거야."

걱정하는 미영이를 안심 시키듯이 말했다. 숙희는 정작 가족 누구도 자신에게 관심이 없다는 걸 알기에 물어볼 필요를 느끼지 않았다. 자신의 선택만 있으면 됐기에 마음은 이미 남산에 가 있었다.

다른 세상

교단 앞 하얀 목련 꽃 가지마다 탐스럽게 피어나고 개나리 꽃망울 맺혀 봄을 알리고 있다. 어느새 친해진 아이들은 쉬는 시간을 이용해 삼삼오오 모여 놀이를 한다. 남자아이들은 종이를 접어 딱지치기하는 아이들과 또 한쪽에서는 구슬치기를 하며 놀이를 한다. 여자아이들은 교실에서 만화책을 돌려가며 읽기도 하고, 밖에서는 한 무리의 아이들이 고무줄놀이를 하고 있다. 숙희도 아이들 속에 끼어 고무줄놀이에 한창이다.

"장난감 기차가 칙! 칙! 떠나간다. 과자와 설탕을 싣고서 엄마 방에 있는 우리 아기한테 갔다주러 갑니다."

노래에 맞춰 양쪽 두 명이 다리 사이에 고무줄을 걸고 있는 그 사이를 분홍색 치맛자락을 나풀대며 폴짝 뛰어다닌다. 다음은 고무줄넘기, 허리에서 어깨 머리 만세까지 물구나무서서 묘기 부리듯 넘어간다.

"와! 숙희는 대단해."

아이들에 눈이 휘둥그레지며 환호성을 지른다. 숙희의 주특기 물구나무선 채로 한 바퀴 회전하며 고무줄을 뛰어넘는 재주는 따라올 친구들이 없었다. 숙희는 한쪽에서 구슬치기를 하던 명섭이가 자꾸 쳐다보며 실실 웃고 있는 것이 영 마음에 걸렸지만 일부러 외면했다. 종이 울리자 서둘러 교실로 들어가려는 순간 다가온 명섭이가 숙희의 치맛자락을 들추며 "아이스 깨끼" 하며 도망치듯 뛰어 들어갔다.

"야! 너 뭐 하는 짓이야?" 황당하고 화가 난 숙희가 따져 물었다.
"뭘?" 자기가 언제 그랬냐는 듯 칠판 쪽만 바라보는 명섭의 얼굴을 보니 더 어이가 없었다.
"이 나쁜 놈, 다음에 또 그러면 내 손에 죽을 줄 알아!"

숙희는 씩씩대며 다음엔 그냥 두지 않겠다며 벼르고 있었다. 하지만 며칠 후 명섭이는 또다시 고무줄을 끊고 달아나다 숙희에게 붙잡히고 말았다. 화가 난 숙희가 명섭의 멱살을 잡자 저항하던 명섭이가 숙희를 밀쳐냈다. 바닥에 쓰러진 숙희가 분에 못 이겨 주저앉아 울고 말았다. 때마침 수업시간에 미리 들어가던 담임선생님께 발각되고 말았다.

"숙희 왜 그래?" 울고 있는 숙희에게 다가와 물었다.
"명섭이가 고무줄을 끊고 도망갔어요, 지난번엔 제 치마도 들췄어요!" 때는 이때다 생각한 숙희는 억울하다며 선생님께 일렀다.
"이 녀석, 좋으면 좋다고 말해야지 사내 녀석이, 허허허!"

선생님 말에 주위에 아이들은 키득키득 웃어 댔고, 귀까지 빨개진 명섭이는 홍당무가 된 얼굴로 교실 안으로 뛰어 들어갔다. 숙희는 선생님 말에 이해가 가질 않았다. 따끔하게 야단쳐 주길 바랐는데 괜히 분위기만 이상해진 것 같아 황당했다. 그 이후로도 아이들은 둘이 얘기만 해도 '얼레리 꼴레리'하며 놀려대곤 했다. 숙희는 그럴 때면 책상에 엎드려 선생님을 원망했고, 명섭이는 그런 숙희를 보며 놀리는 애들에게 쫓아가 주먹을 날리기도 했다. 반에서 한 달이 다 되어가자 아이들은 서로를 알아가면서 친하게 지내는 친구들끼리 무리 지어 어울리기도 했다. 여자아이 중에 인형처럼 예쁜 동그란 얼굴에 큰 눈, 쌍꺼풀이 짙은 수정이란 친구가 있었다. 매일 지우개 연필 등 예쁜 학용품을 가지고 와서 자기 맘에 들거나 친해지고 싶은 아이들에게 아낌없이 나눠주었다. 명섭이와 숙희에게도 연필과 종이 인형 등을 선물했다. 가끔 숙희는 수정이 집이 어떻게 사는지 궁금했다.

"수정아! 나 너희 집에 한번 가고 싶은데?"
"그래, 그럼 내일 아이들이 우리 집에 오기로 했는데 너도 올래?" 수정이는 4학년부터 같은 반이던 혜정이와 명섭이를 초대했다고 말했다.
"응, 좋아 나도 갈게."

숙희는 명섭이가 조금 걸리긴 했지만 궁금하던 차에 드

디어 가볼 수 있게 돼서 기뻤다. 다음 날, 수정이 집에 대한 생각으로 숙희는 수업시간 선생님의 말이 귀에 들어오질 않았다. 수업이 끝나자 아이들과 모여 수정이 집으로 향했다. 읍내 시장 골목을 지나 은행 옆에 위치한 단정한 주황 지붕의 갈색 벽돌집이 수정이네 집이다. 대문을 열자 넓은 마당에 한옥 분위기로 지어진 구조가 인상적이었다. 유리문을 열고 들어가자 길게 놓인 거실 중앙에 나무로 만든 탁자와 의자들이 정갈하게 놓여있고 오른쪽 방이 수정이 방이라고 했다. 방문을 열자 책장 가득 만화책이 꽂혀 있고 불이 들어오는 최신형의 책상이 한눈에 들어왔다.

"와! 만화책이 이렇게 많아?" 혜정이가 신기한 듯 물었다.
"호호호! 너희들 보고 싶으면 꺼내서 보고 있어!"

수정이는 말을 한 뒤 주방에서 과자와 마실 것을 내왔다. 책장에는 유행하는 캔디 만화책도 시리즈로 있었다. 평소에 읽고 싶었던 책이라 숙희는 1권부터 꺼내 들었다. 명섭이는 로봇 태권V를 꺼내 읽었다. 수정이 부모님이 집과 가까운 시내버스 터미널 대로변에 문구점을 운영한다고 얘기했다. 수정이 외삼촌이 남대문에서 규모가 큰 문구점 용품 도매업을 해서 서울에서 물건을 가지고 온다고도 했다. 그래서 수정이는 서울도 자주 간다며 자랑을 늘어놨다. 숙희는 그때서야 궁금증이 풀렸다.

"나도 이번 주 일요일에 친구들 하고 남산 가는데." 숙희는 이거라도 얘기하고 싶었다.

"친구? 누구하고 가는데?" 수정이가 커다란 눈을 더 크게 뜨며 말했다.

"동네 친구들 하고 선생님 아들."

"그 잘 생긴 오빠?" 어느새 우창이가 학교에 유명인사가 돼 있었다.

"응."

"나도 가면 안 돼? 나도 남산은 너무 잘 알거든!" 수정이가 꽤나 따라가고 싶은 모양이다.

"나도 갈래." 책을 읽고 있던 명섭이도 언제 들었는지 가겠다고 한다.

"그래, 한번 물어볼게."

숙희는 오빠란 말에 나이가 밝혀질 게 뻔해 내키지 않았지만 물어보기로 했다. 결국, 우창이는 승낙을 했고 7명이 출발하기로 했다. 숙희는 학용품을 산다며 부족한 비용을 엄마에게 타냈다. 영배는 새엄마가 될 사람이 용돈을 주고 갔다고 했다. 미영이 엄마는 늦지 말라며 신신당부하고 허락을 했다고 한다. 일요일 아침 숙희는 가장 아끼는 원피스를 꺼내 입고 한껏 멋을 부렸다. 역사에는 아이들이 하나 둘 시간에 맞춰 모여들었다. 청색 슈트를 입고 나온 우창이가 환하게 웃고 있었다. 수정이와 미영인 연신 우창이의 얼굴을 뚫어져라 쳐다 보며 알 수 없는 미소를 짓는다. 평소 서울지리를 잘 아는 우창이가 리드를 했다. 기차표를 끊어 플랫폼에 나가자 기적 소리와 함께 기차가 도착했다. 기차에 오르자마자 수정이와 미영인 우창이 옆자리에 앉았다. 마주 보고 앉은 좌석에는 창수와 영배 명섭이가 앉고 숙희가 홀로 다른 좌석에 앉아야 했다. 달리는 차 창 넘어 풍경들이 그림처럼 눈에 들어왔다. 평소 가만히 못 있는 아이들이 왠지 하나같이 창문 밖 세상에 빠져들었는지 숨소리조차 조용하다.

"얘들아! 다 왔어."

우창이 말에 내릴 준비를 했다. 서울역사를 나와 광장에 서자 달리는 차들과 넘쳐나는 사람들 높은 빌딩 다른 세상에 서 있었다. 독점 말 아이들은 마냥 신기해하며 연신 '와' 소리를 냈다. 숙희는 왠지 작아지는 느낌마저 들었다. 남산을 잘 아는 우창이와 수정이를 따라 비탈진 남산을 올라갔다. 어느새 노랗게 물든 개나리꽃과 분홍색 꽃망울을 터뜨리려는 벚나무가 길옆으로 서 있어 운치가 있다. 높이 솟아 있는 남산 타워 아래 도서관과 식물원을 가기로 하고 잠시 벤치에 쉬어 갔다.

"자 이거 하나씩 먹어."

수정이가 어깨에 멘 분홍가방에서 초콜릿 하나씩을 나누어 주었다. 숙희는 남산 아래 수많은 건물들에 매료되어 다른 것에 관심이 없었다. 이 넓은 세상에 자신이 서 있다는 것이 마냥 신기했다. 하지만 촌스럽다고 생각할까봐 내색하지는 않았다. 또한, 우창이와 같은 나이란 사실을 내색하고 싶지 않아 우창이와 되도록 말을 섞지 않으려 했다.

"숙희야! 우리 도서관부터 가자." 눈치 없는 우창이가 애써 뒤돌아서 있는 숙희를 불렀다.
"응."

들릴 듯 말 듯 대답하고 도서관 안으로 들어갔다. 많은 책들과 조용히 앉아 책을 보는 사람들……. 하지만 영배와 창수는 도서관 안에 분위기가 익숙하지 않은지 팔을 끌어나가자고 했다. 식물원 안은 덥다고 느낄 만큼 온실 속이었다. 낯선 나무들 사이 바나나 나무와 파인애플 등 태어나 처음 보는 식물들로 가득했다. 아이들은 신기해하며 하나라도 더 보려고 했다. 우창이는 아이들에게 아는 정보들을 설명해 주었다. 수정이와 미영이는 유독 우창이 옆을 따라다녔고 영배는 신경 쓰이는지 웃음기 없는 얼굴로 미영이 옆을 서성댔다. 숙희는 많은 것을 알고 있는 우창이가 왠지 다르게 보여 자신도 모르게 눈길이 갔다. 그런 숙희를 우창이도 힐끗힐끗 곁눈질로 쳐다보곤 했다.

"배고프다." 신기하다고 할 때는 언제고 시큰둥하며 아무 흥미 없다는 듯 영배가 재촉을 했다.

"하하하, 그럼 우리 이제 그만 내려갈까?" 우창이가 말했다.

"우리 떡볶이 먹고 가자?" 수정이가 남산 아래 떡볶이 가게가 많다며 제안했다.

"좋아!"

배가 고픈 아이들은 서둘러 내려가 돈을 모아 떡볶이 세 접시와 만두 두 접시를 시켜 허겁지겁 먹어 치웠다. 양이 적어 아쉬운 듯 빈 접시를 바라보는 아이들을 보며,

"여기 떡볶이랑 만두 두 접시 더 주세요!" 자기가 산다며 우창이가 말했다.

"와! 오빠 잘 먹을게!" 박수를 쳐대며 미영이와 수정이가 말했다. 숙희는 왠지 아이들을 리드해 나가는 우창이가 신경이 쓰이고 불편했다.

"미영이 너 오늘 늦으면 안 된다며?" 아이들을 리드해 나가는 우창이가 신경 쓰이고 상황이 불편한 숙희는 괜히 핑계를 댔다.

"자 그럼, 차 시간 맞추려면 빨리 먹고 일어나자!"

우창이가 숙희를 바라보며 말했다. 우창이 말에 서둘러 일어나 기차표를 끊어 기차를 탔다. 차 안에 기대앉은 아이들은 조금 지칠 법도 한데 내색 없이 고요했다. 아무 말 없이 창밖을 바라보는 우창이 얼굴이 숙희 눈에 들어왔다. 한 줄기 햇살이 얼굴을 비추며 우창이 얼굴에

내려앉았다. 뿔뿔이 흩어져 집으로 돌아온 숙희는 예상치 못한 상황들이 기다리고 있었다. 숙희 집에서 마실 온 창수할머니를 통해 서울 간 얘기들을 다 알고 있었다. 거짓말하고 돈 타낸 사실에 화가 난 숙희 엄마가 벼르고 있었던 것이다.

"기지배가 벌써부터 거짓말하고 얘기도 안하고 지 맘대로 돌아다녀?"
"아주 이참에 혼을 내줘라!" 엄마말에 옆에서 거들며 할머니가 말했다.
"기지배가 겁도 없이, 누굴 닮아서 그런 거야?" 아버지까지 어른들이 작정한 듯 연신 퍼부어 댔다.
"죄송해요."

평소에 관심도 없다고 생각해 억울한 마음도 있었지만 거짓말한 것에 대한 잘못이 있었기에 용서를 빌었다.

"이 기지배 또 사고 쳤어?"

수선해 온 교복을 입어보던 석이 오빠가 할머니 옆에서 훈수를 두었다. 순간 혼내는 부모보다 더 꼴 보기 싫은 오빠가 미워 눈을 치켜 떠 노려봤다.

"뭘 봐! 눈깔아, 안 그래도 뱁새 눈깔이."

매번 없는 형편에 누릴 거 다 누리고 사는 오빠기에 평소에도 불공평하다고 느낀 숙희는 오빠의 말에 더욱 분노가 치밀어 더 크게 눈을 치켜떴다.

"이 기지배가 미쳤나!"

석이는 머리에 쓰고 있던 교복 모자를 벗어 숙희의 얼굴을 내리쳤다. 순간 이마에서 피가 흘렀다. 모자 중앙에 쇠로 만들어진 글자에 찍히고 말았다.

"언니 이마에 피!"

놀란 경희의 외마디에 엄마는 흰 광목을 잘라 피를 지압했다. 숙희는 엄마의 팔을 뿌리치고 밖으로 뛰쳐나갔다. 가족 앞에서 눈물을 보이지 않으려 애써 참고 있던 눈물이 한순간 왈칵 쏟아져 내렸다. 정신없이 뛰다보니 마을 앞 운동장 벚꽃나무 아래였다. 어느새 활짝 핀 벚꽃이 바람에 흩날리며 숙희 머리 위에 꽃비를 뿌렸다. 하염없이 흐르던 눈물이 꽃비에 씻겨 가슴속 깊이 흘러내려갔다.

'누가 낳아 달라고 했나, 나도 이 집구석이 싫다고! 언젠가는 넓은 세상으로 나가 내게 했던 모진 말들을 후회하게 해주겠어' 숙희는 고개를 치켜들어 하늘을 쳐다보며 다짐하듯 말했다.

▌만남 그리고 이별

학교 가는 길, 창수와 함께 활짝 핀 개나리 울타리를 따라 영배 집으로 향했다. 때마침 영배가 가방을 메고 나왔다.

"영배야! 도시락 가지고 가야지!"하며 부엌에서 낯선 아줌마 한 분이 도시락을 들고 나왔다. 파마머리에 아담한 키 다정한 목소리가 인상적이었다.

"아, 깜빡했다." 영배가 머리를 긁적이며 환하게 웃었다. "학교 가서 굶으려고? 잘 챙겨야지, 호호!" 상냥하게 말했다.
"안녕하세요?"
"우리 영배 친구들이구나, 친하게들 지내야 한다."
"네."

교회 안에서 만나 영배 아버지와 살게 된 새엄마였다. 아이가 없어 쫓겨나 혼자 신앙 생활하며 살다가 교회 지인 소개로 만난 사이라고 했다. 아이들에게도 잘하고 영배 아버지와도 사이가 좋다고 했다. 영배 아버지가 전과 달리 성실하게 일하며 가정에도 더 잘한다고 마을 어른들이 얘기했다. 그래서인지 영배도 전과 다르게 세수도 잘하고 깔끔하게 하고 다녔다. 길을 따라 마을 운동장 아카시아 나뭇잎을 따서 들고 가위, 바위, 보를 했다. 이기면 하나씩 떼어내며 잎이 남아있는 친구에 손목 위를 한 대 때리는 게임이다.

"가위, 바위, 보!"
"오호, 내가 이겼어."
"숙희야! 살살해 알았지?" 눈을 질끈 감으며 영배가 말하자 숙희는 세게 때리는 시늉을 하다가 팔목에 두 손가락으로 살짝 건드린다.

"하하하, 호호호."

웃고 떠드는 사이 어느새 학교에 도착하곤 한다. 오늘은 각반 별로 복도 나무 바닥을 청소하는 날이다. 선생님이 나눠준 양초를 바닥에 문질러가며 집에서 만들어 온 걸레로 닦는다. 아이들은 양손을 걸레에 올려 엉덩이를 치켜들고 미끄럼을 타듯 왔다, 갔다 복도를 누비고 다닌다. 나무 바닥은 금 새 반들반들 윤이 났다.

"자 이제 됐으니 그만하고 교실로 들어가거라." 선생님 말에 교실 뒤 걸레 함에 넣고 앉았다.
"아, 오늘은 수업 전에 알려야 할 얘기가 있는데… 우리 반 명섭이가 서울로 전학을 가게 됐다."

선생님 말에 명섭이 얼굴이 달아오르며 알 수 없는 미

소를 지었다. 이제 좀 친해지려고 하는데 떠난다고 하니 숙희는 아쉽기도 했다.

"명섭인 친구들에게 마지막 작별 인사하게 나와 봐."

선생님이 손짓하자 교실 앞으로 나간 명섭이의 빈자리가 숙희 눈에 왠지 휑하게 느껴졌다. 이럴 줄 알았으면 좀 더 잘해줄 걸 하는 아쉬움과 서운함이 밀려왔다.

"너희들 그동안 고마웠어, 잘 지내고 나중에 놀러 오도록 할게."

친구들의 마지막 박수를 받으며 들어갔다. 명섭은 가방 속에서 12가지 색깔이 담긴 크레파스를 꺼내 숙희에게 건넸다.

"숙희야! 이거 너 줄게. 넌, 그림도 잘 그리잖아! 너, 써." 몇 번 사용도 안 한 크레파스를 숙희에게 주는 거라고 했다.
"고마워, 나중에 놀러 와."
"응, 그럴게." 명섭이 애써 웃으며 답했다.

그렇게 명섭이가 떠나고 난 후, 숙희는 짝이 없는 상태로 1학기를 보내게 됐다. 숙희는 시간이 날 때면 운동장 모퉁이 계단에 앉아 명섭이 선물해 준 크레파스로 그림을 그렸다. 100년이 훌쩍 넘은 은행나무와 놀이터, 운동장 너머 낮은 산기슭, 아이들이 뛰어노는 모습 등을 화폭에 담곤 했다. 따스한 봄볕이 내리쬐는 나른한 주말 오후 숙희는 크레파스를 실내화 주머니에 담아 마을 운동장으로 향했다. 벚꽃이 지고 검붉게 버찌가 익어 가고 키 작은 철쭉들이 형형색색 조화롭게 뽐내는 계절 그 속에 들꽃들도 한데 어우러져 반긴다. 벚나무 아래 이미 와서 놀이하는 창수와 영배, 미영, 우창이가 보였다. 여느 때 같으면 대장 숙희를 불러 놀자고 했을 텐데 왠지 서운한 감정이 스쳐 지나갔다. 아이들은 땅에 홈을 파서 넓적한 돌을 세워두고 들고 있던 돌로 쳐서 맞추는 '사방치기 놀이'를 하고 있었다. 숙희를 보자 머쓱한 표정을 지으며 영배가 손짓했다.

"숙희야! 어서 와 같이 놀자."
"됐어, 너희들끼리 놀아." 마음이 상할 때로 상한 숙희는 내색하지 않으려 애를 쓰며 말했다.
"안 그래도 창수가 너 부르러 가려고 했어." 놀이를 하다 말고 서 있던 미영이가 난처한 듯 말을 건넸다.
"혹시 너 화난 거 아니지?" 우창이까지 말을 걸어왔다.
"아니라고, 내가 왜?"
"그럼 같이 하자?"

우창이가 눈치를 챈 듯 제차 물었다. 우창이가 영배를 불러 놀자고 했고 엄마 심부름을 다녀오던 창수를 만나 같이 놀게 됐다고 했지만 미영이까지 같이 있는 모습을 보고 왠지 대장자리를 빼앗긴 기분마저 들어 기분이 언짢았다. 숙희는 마음이 들킨 것 같아 아무렇지 않다는 듯 실내화 주머니를 커다란 돌 위에 올려두고 벚나무 위로 올라갔다. 가끔 나무 위 중턱까지 올라가곤 했던 숙희라 아이들은 대수롭지 않게 생각하고 숙희를 쳐다봤다. 아이들에게 보여주고 싶은 마음과 함께 답답하기도 했던 터라 평소보다 더 높은 곳까지 올라갔다. 발아래 느껴지는 짜릿함과 시원한 바람이 가슴 속 깊이 스며들었다. 숙희는 탐스럽고 검붉은 버찌를 따서 입안으로 밀어 넣었다. 달콤하며 쌉싸름한 맛이 숙희의 마음을 달래주는 듯 오묘한 맛이었다.

"와! 숙희야 조심해!" 나무 아래 작게 보이는 아이들이 신기한 듯 손을 흔들며 바라보고 있었다.
"야호!"

숙희는 자기의 존재를 알리고 싶어 보란 듯 허공에 대고 소리쳤다. 경이롭게 바라보는 아이들의 시선들이 느껴졌다. 하늘 높이 날고 있는 새 한 마리, 숙희는 양손을 펼쳐 올리며 눈을 감는다. 시원한 바람이 온몸을 휘어 감으며 숙희의 마음은 저 먼 곳으로 날아오르고 있었다. 순간 '우지직 탁' 소리와 함께 숙희의 몸이 바닥으로 추락하며 곤두박질쳤다. "악!" 외마디 비명이 운동장에 울려 퍼졌다. 서 있던 아이들은 일제히 달려와 숙희를 감쌌다.

"어떡해? 괜찮아?"

"아! 발이…!" 우창이가 어디론가 달려갔고 얼마 후 선생님과 함께 왔다.

"숙희야! 괜찮아?" 선생님이 물었다.

"발목이 아파요!"

"일단 병원부터 가야겠다."

선생님은 아이들에게 숙희 집에 알리라고 말하고 등에 업고 가까운 읍내 병원으로 뛰어갔다. 숙희는 발목의 통증도 잊은 채 넓은 선생님 등에 밀착해 양손으로 어깨를 꼭 끌어안았다. 지금껏 느껴보지 못했던 편안함과 따뜻한 온기였다. 뒤에 따라온 우창이가 선생님께 아니 자기 아버지에게 사고 경위에 대해 이야기하고 선생님은 의사에게 전했다. 의사는 신기한 듯, 그 높은 곳에서 떨어졌는데 뼈에는 이상이 없다며 의아하며 말했다. 천만다행이라며 발목 인대가 늘어나 당분간 반깁스를 하고 다니라고 했다.

"이 녀석, 다음부터 위험한 행동은 하지 말도록 해!"

"네, 죄송해요."

숙희는 선생님보다 이런 자신의 모습을 우영이에게 보이게 돼서 창피했다. 선생님은 치료가 다 끝나는 늦은 시간까지 기다려 택시에 태워 집까지 바래다주었다. 엄마와 아버지는 송구스럽다며 감사하다고 몸 둘 바를 몰라 했다.

"선생님 죄송해요."
"괜찮습니다. 그래도 이만하길 다행이지요."
"의구, 조심 좀 하지."
"아이들이 놀다 보면 그럴 수 있죠, 너무 야단치지 마세요!"
"네, 감사합니다." 한사코 됐다며 거절하는 병원비와 택시비를 선생님 주머니에 넣어 보내고 난 후 부모님의 태도가 돌변했다.
"이놈의 기지배, 돌아다니지 못하게 다리가 분질러 저야 정신을 차리지." 예상한 대로 아버지의 본 모습이 나왔다.

"도대체 누굴 닮아 저 모양이야."
"그래요! 나 닮아서 그래요. 저걸 낳고 미역국을 먹은 내 잘못이에요." 가슴을 치며 말했다.
"집구석 조용할 날이 없으니 내가 너 때문에 못살겠다!"

엄마의 말에 매번 자신 때문에 부모님의 사이가 안 좋은 거 같아 죄책감이 들었다. 한바탕 소란이 가시기도 전 장남 석이는 학교에서 사고를 쳤다고 했다. 패싸움을 했는데 새로 사 입은 옷이 찢기고 얼굴과 몸에 상처가 나고, 피까지 흘리며 밤이 돼 서야 돌아왔다. 할머니는 손자가 이렇게 된 것이 부모가 학교에 신경을 안 써서 그렇다며 한탄을 하셨다. 다음날 엄마는 학교에 불려갔고 오빠한테 맞아 다친 학생이 6명이나 된다며 정학 처분을 받게 될 거라고 했다. 건강하라고 가르친 태권도가 싸움질을 하고 다니게 될 줄 몰랐던 것이다. 하지만 할머니 눈엔 피해 학생들 보다 장손이 다친 것만 속상하다고 생각하는 것 같았다. 부모님은 할머니의 성화에 서둘러 다른 학교로 전학을 시키기로 했고 가까운 곳으로 이사 갈 집도 알아봤다. 석이는 공업학교로 전학을 시켰고, 미희와 숙희, 경희도 도시 외곽의 학교로 전학을 가기로 했다. 며칠을 알아본 끝에 도심 주변에 형편에 맞는 집이 나와 작은 집을 구했다. 숙희는 정든 곳을 떠나기 싫었기에 사고뭉치 오빠를 원망했다.

이사 갈 날을 며칠 앞두고 깁스를 풀게 된 숙희는 마음이 심란했다. 이제 겨우 친해진 반 친구들과 독점 말에서 함께 뛰어놀던 친구들과의 이별이 슬펐다. 학교에 도착한 숙희를 선생님이 교무실로 불렀다.

"숙희야! 이렇게 갑자기 가게 돼서 서운하구나, 공부 열심히 하고 시간 내서 책도 많이 읽고, 건강하게 잘 자라서 훌륭한 사람이 돼야 해!"
"네." 선생님 말에 자신도 모르게 눈물이 흘러내렸다.
"이 녀석, 다쳐서 애를 먹이더니, 하하."

선생님은 숙희 발을 살피더니 손을 잡고 교실로 향했다. 교실 안으로 들어서자 뛰어다니던 아이들이 선생님을 보자 일제히 숨죽여 자리에 앉았다.

"자, 조용! 숙희가 전학을 가게 됐다. 며칠 남은 시간 서로 잘 지내고 알았지?"
"네…!"

예상치 못한 얘기에 당황한 아이들이 숙희를 바라보며 답했다. 쉬는 시간마다 아이들은 숙희 옆에 모여들었다. 전학 가는 학교와 언제 가는지 등 궁금한 것들에 대해 물어봤다. 숙희는 학교가 끝나자 아직 이 사실을 모르는 독점마을 친구들을 불러 학교 앞 떡볶이집으로 갔다. 숙희는 조금 모아둔 쌈짓돈을 헐어 친구들에게 마지막 선물처럼 같이하고 싶었다.

"얘들아! 오늘 내가 사는 거니까 맛있게 먹어!"
"와 무슨 일이지? 숙희가 떡볶이를 다 사고?" 내용을 모르는 영배와 창수는 마냥 신이 났다.
"용돈이라도 받았어?"

얻어먹기는 했어도 사는 적이 거의 없던 터라 미영이가 궁금해하며 물었다. 그 옆에 앉은 우창이는 아무 말없이 앉아 있었다. 무언가 알고 있다는 표정이다.

"사실은 너희들에게 할 말이 있어!"

"뭔데? 무슨 얘기?" 의자를 앞으로 잡아끌더니 얼굴을 들이밀며 영배가 궁금해 죽겠다는 표정이다.

"다른 학교로 전학가게 됐어."

"뭐라고! 정말? 진짜야?" 믿지 못하겠다는 표정으로 창수가 물었다.

"언제 가는데?" 떡볶이를 입에 문 채 영배가 물었다.

"이번 주 토요일 이사 가서 담 주 월요일부터 다른 학교 다녀야 돼."

아이들이 황당한 표정을 지으며 점점 굳어갔다. 숙희는 속으로 나도 가기 싫지만 어쩔 수 없다고, 말하고 싶었다. 먹을 거라면 자다 가도 벌떡 일어날 녀석들이 떡볶이를 앞에 두고 눈만 송아지 검은 눈처럼 깜빡였다.

"그럼 우리를 영영 못 보게 되는 거야?" 눈물을 글썽이며 미영이가 말했다.

"......!"

숙희는 앞으로 일들을 알 수 없기에 선뜻 대답하지 못했다. 침묵이 흐르고 말이 없이 앉아 있던 우창이가 입을 열었다.

"사람은 헤어짐이 있으면 만남도 있다고 아버지가 얘기한 적 있어, 언젠가는 만날 수 있을 거야!"

아이들은 무슨 말인지 잘은 모르겠지만 다시 만날 수 있을 거란 말에 위로를 받는 듯했다. 숙희는 그나마 우창이가 아이들 옆에 있다는 것에 안심이 됐다. 그동안 살짝 질투했던 마음이 날아가고 왠지 오빠처럼 의젓해 보이기까지 했다.

"이제 내 대신 우창이가 대장이야, 하하하!"

숙희 말에 아이들 얼굴에도 웃음을 보였다. 새벽부터 이 사준비로 바쁜 시간 어른들은 빠진 물건들이 없는지 확인해 가며 짐을 쌌다. 숙희는 방에서 아이들과 놀이하며 모아둔 구슬 담긴 통과 언제든 놀이할 수 있도록 미리 접어놓은 딱지들을 챙기고 명섭이에게 받은 크레파스도 보물이라도 다루듯 상자 안에 소중히 챙겨 담았다. 아침이 밝아 오고 파란색 트럭 한 대가 대문 앞에 와 있었다. 제일 먼저 문이 뻐걱거리는 장롱 문을 청테이프로 감고 할머니가 애지중지하는 전기밥통과 양쪽 문이 달린 흑백텔레비전, 짤순이도 실었다. 장독대의 독들까지 싣고서 맨 마지막으로 잡동사니 물건들을 올려 밧줄을 돌려가며 묶었다. 부모님은 배웅 나온 주민들에게 인사를 하고 숙희는 일찍부터 와 있는 영배와 창수 미영이 우창이에게 잘 지내라며 말을 건넸다.

"숙희야 잘 가!" 아이들은 숙희에게 다가와 아쉬운 마음을 전했다.

"응, 잘 지내고 언젠가 다시 만나자."

숙희의 눈시울이 촉촉하게 젖어 들었지만 애써 삼켰다. 트럭 맨 앞 조수석에 할머니와 경희가 타고 부모님과 세 남매가 트럭 짐칸에 상자를 깔고 올라탔다. 무심하게 '부릉부릉' 차량의 시동이 걸리며 출발을 했다. 떠나가는 사람도 보내는 사람들도 모두 손을 흔들어 화답했다. 우창이 말처럼 이별 뒤에 만남도 있다는 말을 되새기며 숙희의 두 손은 간절함으로 포개져 있었다. 차량은 어느덧 독점마을을 내려와 바람을 가르며 큰 도로를 달리고 있었다.

▌그리움

아침 일찍 동네 빵집을 들러 아버지가 좋아하는 카스텔라를 사서 일산 집으로 향했다. 고속도로를 지나 한강변을 따라 시원하게 달렸다. 마음만 먹으면 1시간 남짓 거리를 천리만리나 되는 냥 쉽게 다니지 못했다. 지난날들을 애써 부정하며 추억을 잊고 살려고도 했다. 이 나이가 돼 서야 그립다는 것이 무엇인지 되돌아보게 됐다. 때론 미움도 원망도 사랑이라는 것을 깨닫게 됐다. 파란 하늘 아래 도로 양옆으로 만개한 개나리와 벚꽃이 장관을 이룬다. 바쁘게 살다 보니 꽃이 피고 지는 계절도 무덤덤하게 지나치듯 살아온 거 같다. 시내를 통과해 변두리에 위치한 정원이 있는 아담한 2층 집이 숙희 친정집이다. 대문을 열고 들어가면 계절마다 다르게 꽃이 피어 있고 작은 텃밭에는 부모님이 먹고도 남을 만큼의 양을 수확하기도 한다. 유난히 꽃을 좋아하는 엄마는 철따라 계절 꽃을 심으셨다. 평소 흥과 웃음이 많은 엄마가 힘든 삶의 무게에 눌려 소녀의 감성을 잊고 살아가는 모습을 볼 때면 마음이 짠하기도 했다.

"엄마! 저 왔어요!"
"아이고, 우리 딸 왔어?" 딸의 목소리에 맨발로 현관문을 열며 반기신다.

"아버지는요?"
"안방에 계신다."

안방 문을 열자 이불을 덮고 누워 계신 아버지가 힘없이 일어나 앉았다. 이전에 봤을 때 보다 많이 초췌해 보였다.

"아버지 저에요, 숙희!"
"어…!" 초점이 흐려진 눈으로 애써 기억을 더듬으려 하는지 잡은 숙희의 손을 꼭 쥐고 있었다.
"아버지가 좋아하시는 빵 사왔어요!"

아버지의 손을 잡고 거실로 나왔다. 햇살 가득 거실을 비추고 있었다. 숙희는 거실문을 활짝 열어 아버지에게 봄의 기운을 느끼게 해주고 싶었다. 엄마는 모처럼 집에 온 딸이 반가워 과일이며 먹을 것들을 챙기느라 주방에서 바쁘게 움직였다.

"엄마, 신경 쓰지 말고 이리 와서 같이 좀 드세요!"
"그래 알았다!" 딸의 성화에 마지못해 빵을 한 입 베어 물었다.
"아버지 저 누구예요?" 힘없이 빵을 입에 문 아버지를 보며 물었다.
"음… 숙희, 둘째 숙희!" 숙희는 눈시울이 붉어지며 하염없이 흐르는 눈물을 주체할 수 없었다.

"맞아요, 숙희 아버지 딸 숙희예요!"

숙희는 아버지에게 지금도 내가 그렇게 밉냐고 물어보고 싶지만 차마 입밖에 내뱉지 못했다. 엄마는 아버지가 유일하게 숙희의 이름만 부른다며 신기하다고 했다. 숙희는 다가가지 못했던 아버지의 얼굴을 두 손으로 감싸며 체온을 느꼈다. 창문으로 봄 햇살이 스며들어 따스한 온기를 더욱 뜨겁게 전했다.

"숙희야 오늘은 저녁이라도 먹고 가!" 매번 왔다 엉덩이만 붙이고 가는 딸이 서운했던 엄마가 한나절이라도 있길 바라셨다.
"알겠어요, 저 바람 좀 쐬고 올게요."

숙희는 부모님 집을 나와 차로 30분 거리의 어릴 적 살던 동네, 독점마을을 찾아갔다. 아쉽게도 아파트 단지로 빼곡한 그곳에 어린 시절의 흔적은 남아있지 않았다. 시장의 옛 정취라도 느끼고 싶어 시장 안으로 들어가 보았다. 현대식으로 정리된 건물들이 즐비했다. 30년 세월 속에 모든 것이 다 변해버리고 말았다. 허탈한 마음으로 돌아서 오는 길에 또 하루가 저물어 석양이 물들어가고 있었다. '어딘가에서 나처럼 너희들도 남은 삶을 위해 열심히 살아가고 있겠지…!' 옅은 미소가 번졌다.

'창수... 영배... 미영... 지영... 우창이... 명섭이…!'
친구 이름을 되뇌이며 그리움이 파도처럼 밀려와 또 그렇게 밀물처럼 밀려갔다.

[2024]

▌서 평

극작가 겸 소설가, 언론인, 세계최초 AI포털연구가, 문화
체육관광부 인가 사단법인 한국현대문화포럼 회장 김장운

물질문명의 발달은 1970년대 후반 '한강의 기적' 이전
의 아름다운 자연과 놀이문화에 대한 그리움을 자극한다.
사방치기, 달고나, 오징어게임, 고무줄놀이, 구슬치기,
딱지치기, 연날리기, 윷놀이, 쥐불놀이, 초등학교 운동회
등 잊혀진 놀이문화가 문화적 향수였음을 이 소설을 통
해 확인하게 만든다.

저자는 우리가 애써 잊은 어린시절의 아름다운 이야기들
을 물 흐르듯이 서사구조로 시간여행을 떠나게 한다.
아름다웠던 그 시절의 흔적은 이제 거대한 아파트촌으
로 변해버렸고, 박제된 소설로 원형을 살려낸다.
저자의 따스한 향기가 그 시절을 그리워하게 하고, 기뻐하
게 만든다.
글의 힘은, 문학의 힘은 그래서 아름답고 위대하다.
따스한 문화의 추억을 잊은 어린 세대들이 밤하늘에 여
전히 빛나는 별들을 향해 시간여행을 떠나보내게 하는
마법의 소설이다.
엄마와 딸, 아빠와 아들이 같이 반딧불이가 반짝이는 농
장에서 밤하늘을 올려다보며 읽어도 좋은 소설이다.

소설 숙희

초 판 일	2024년 5월 10일
저　　자	유숙경
출 판 사	(사)한국현대문화포럼
발 행 처	(사)한국현대문화포럼
	(경기도 파주시 회동길 37-20)
등　　록	파주시 제2015-000023호
인　　쇄	동문기획인쇄
T E L	031-941-2802